GRUSELFIEBER

R. L. Stine

GRUSELFIEBER

Das Mädchen mit der Maske

R. L. Stine

GRUSELFIEBER

Das Mädchen mit der Maske

Aus dem Amerikanischen
von Christoph Arndt

OMNIBUS

Der OMNIBUS Verlag gehört zu den
Kinder- & Jugendbuch-Verlagen in der Verlagsgruppe Random House
München Berlin Frankfurt Wien Zürich

www.omnibus-verlag.de

Umwelthinweis:
Dieses Buch wurde auf chlorfrei gebleichtem Papier gedruckt.

Gesetzt nach den Regeln der Rechtschreibreform

1. Auflage 2002

Dieses Werk wurde vermittelt durch die
Literarische Agentur Thomas Schlück GmbH, Garbsen.
Die Originalausgabe erschien 2001 unter dem Titel
»The Nightmare Room 8: Shadow Girl«
bei HarperCollins *Children's* Books,
a division of HarperCollins Publishers, Inc.
Übersetzung: Christoph Arndt
Lektorat: Birgit Gehring
Umschlaggestaltung: Helmut Sigerist
Ht · Herstellung: Peter Papenbrok
Satz: Uhl + Massopust, Aalen
Druck: GGP Media, Pößneck
ISBN 3-570-12615-3
Printed in Germany

PROLOG

Sie steigt aus der Schattenwelt empor.

Sie streckt die Arme über den Kopf und fühlt, wie die Luft sie vom Boden hochhebt. Ihr Umhang bauscht sich und flattert im Wind.

Unter ihr breitet sich die Stadt aus; ihre Lichter glitzern unter einem mondlosen Himmel. Die Luft streicht frostig über ihre Wangen. Sie zieht den Kopf ein und fliegt tief über den leeren Gebäuden, den nachtdunklen Straßen dahin.

Autos scheinen von den Zwillingsstrahlen ihrer Scheinwerfer wie an Schnüren gezogen. Der Fluss fließt schweigend, schwarz wie eine Öllache.

Sie ist ein Nachtvogel.

Sie fliegt nur nachts, denn ihre Welt ist eine geheime Welt. Ein wohl gehütetes Geheimnis. Niemand glaubt an sie oder ihresgleichen.

Sie muss die Menschen überraschen. Und das gelingt ihr jedes Mal.

Sie genießt die verblüfften Gesichter, wenn sie vom Himmel herabstößt. Ihre Stiefel setzen mit einem harten *Ploff* auf und ihr Cape umhüllt sie wie Flügel eines Vogels.

Die Verbrecher, die Punks, die Straßengangs, die Vergnügungssüchtigen – sie alle erschrecken bei ihrem Anblick. Sie beginnen zu zittern, noch bevor sie ein Wort sagt oder einen Schritt macht.

Nacktes Entsetzen spiegelt sich in ihren Gesichtern. Und wenn sie die Stärke ihrer Macht erkennen, geben sie sich manchmal kampflos geschlagen.

Manchmal.

Wenn die nur wüssten, wie ihr zumute ist. Wenn sie sich in die Gefahr stürzt wie so ein verrückter Tiefseetaucher.

Und dabei der Wut der Menschen, ihren hässlich starrenden Blicken ausgeliefert ist. Und auch ihren Waffen, bei deren Anblick sie hofft, dass sie schnell genug ist, um mit der schrecklichen Gewalt fertig zu werden, die sie entfesseln können.

Hinter ihrer Maske können sie die Angst auf ihrem Gesicht nicht sehen. Der wallende Umhang verbirgt das Zittern ihrer Beine. Sie spricht leise, damit niemand hören kann, wie ihre Stimme bebt.

Sie kennt ihre Macht noch nicht. Sie hat nicht gelernt, ihr zu vertrauen. Sie weiß nicht, wie viel Kraft sie einsetzen kann oder wann diese rätselhaften, erstaunlichen Kräfte nachlassen.

Aber sie kann sich der Herausforderung nicht entziehen. Sie kann ihre Mission nicht verleugnen.

Und so begibt sie sich jede Nacht auf ihren einsamen Streifzug.

Hält Ausschau nach Unruhestiftern … und findet sie.

Bekämpft das Böse. Besiegt die Gesetzesbrecher.

Ja, es ist schon ein besonderes Leben. Und es ist aufregend – mehr, als du dir vorstellen kannst.

Aber sie hat auch solche Angst. Solche Angst, ständig.

Man kann ihr keinen Vorwurf machen – oder?

Schließlich ist sie doch erst zwölf.

1

»Jedes Mal wenn ich mir Janine vorstelle, möchte ich kotzen«, sagte ich zu Beth. »Dieses perfekte runde Gesicht. Dieses perfekte blonde Haar. Die großen blauen Augen. Diese kleinen roten Lippen. Ständig scheint sie mich höhnisch anzugrinsen. Bääh!«

Beth lachte. »Selena, wann hast du deine Kusine zum letzten Mal gesehen?«

Da musste ich nachdenken. »Ich glaube, das war vor sechs Jahren.«

Beth' dunkle Augen funkelten. »Da wart ihr also beide sechs, richtig?«

Ich nickte.

»Und jetzt bist du zwölf«, fuhr Beth fort.

Ich kicherte. »Du warst schon immer ein Mathegenie. Wie hast du das nur ohne Taschenrechner geschafft?«

»Haha.« Beth verdrehte die Augen. Sie ist meine beste Freundin, aber sie lacht nie über meine Witze.

Wir waren oben in meinem Zimmer und quatschten über meine Kusine Janine. Der Koffer lag offen auf meinem Bett. Eigentlich hätte ich packen sollen. Doch irgendwie hatte ich gar keinen Bock. Ich wollte *wirklich* keinen Monat bei Janine verbringen.

Beth zog die rote Spange aus ihrem gewellten braunen Haar und ließ ihre Mähne über die Schultern fallen. Dann hockte sie sich mit angezogenen Beinen auf den Boden und stützte ihre Ellbogen auf die Knie.

»Deine Kusine dürfte sich in sechs Jahren verändert haben«, sagte sie.

»Wahrscheinlich ist sie jetzt noch fieser«, murmelte ich. »Ich wette, sie hat Krallen bekommen und ihre Eltern mussten ihr einen Kratzbaum kaufen.«

Beth lachte nicht.

Ich konnte hören, wie Mom in der Küche Schranktüren zuschlug. Mom macht Türen nicht zu. Sie *knallt* sie zu. Ich sage zu ihr, dass sie ihre Kraft nicht einschätzen kann. Aber ich glaube, es liegt daran, weil sie immer so in Eile ist.

Mom ist Bürovorsteherin bei einer Telefongesellschaft und arbeitet immer die Nachtschicht. Deshalb hat sie tagsüber nicht viel Zeit übrig, die Dinge ruhig angehen zu lassen.

Ich wusste, sie würde gleich die Treppe hochkommen und mich drängen, meinen Koffer für die Reise zu packen.

Beth seufzte und ließ sich rücklings auf den weißen Flokati fallen. »Das verstehe ich nicht, Selena. Janine war erst sechs, als du sie das letzte Mal gesehen hast. Wie fies konnte sie da sein?«

»Ziemlich«, erwiderte ich. »Sie hat mir einen meiner Zöpfe abgeschnitten, während ich schlief. Dann erzählte sie Mom, sie hätte mich dabei gesehen, wie *ich* es tat. Genügt das?«

Beth nickte. »Hm, ziemlich fies. Hat deine Mom die Wahrheit rausgefunden?«

Ich schüttelte den Kopf. »Mom war zu wütend. Und zu sehr damit beschäftigt, sich was auszudenken, wie das mit meiner Frisur wieder in Ordnung kommt.«

»Und – was hat sie gemacht?«

»Mom hat mir einen richtigen Kurzhaarschnitt verpasst. Wie einem Jungen. Ich hab wochenlang deswegen geheult. Janine fand das wahnsinnig komisch. Sie lachte mich aus und haute mir, immer wenn Mom nicht hinsah, mit der Faust auf den Kopf.«

»Ist ja voll ätzend«, pflichtete Beth mir bei.

»Oh. Gerade ist mir noch etwas eingefallen«, sagte ich. »Janine nannte mich Muhkuh.«

Beth klappte der Mund auf. »Wie bitte?«

»Sie nannte mich ständig Muhkuh. Das machte mich fuchsteufelswild. ›Muhkuh, lass uns das machen‹, und ›Muhkuh, lass uns jenes tun.‹«

Beth sah mich stirnrunzelnd an. »Das kapier ich nicht. Wieso Muhkuh?«

Ich zuckte die Achseln. »Ich bin mir nicht sicher. Vermutlich kam ich ihr wie eine Kuh vor, weil sie so dürr war, während ich ein paar Speckpölsterchen hatte.«

»Oh«, murmelte Beth. »Na ja, heute bist du schlank, Selena. Sie wird dich nicht mehr so nennen können. Und vielleicht ist sie ja in sechs Jahren zu einer Tonne geworden.«

»Keine Chance«, sagte ich traurig. »Ich habe ihr Weihnachtsfoto gesehen. Sie sieht aus wie ein Besen mit blonden Haaren.«

»Nun, wahrscheinlich ist sie jetzt viel netter«, sagte Beth und stand auf. »Sie hat dir doch eine E-Mail geschickt, stimmt's?«

Ich nickte. »Ja. Sie schrieb, sie könnte es kaum erwarten, bis ich bei ihr wäre. Aber sie hat meinen Namen mit zwei L geschrieben. Das kann kein Irrtum sein, Beth. Das hat sie bestimmt absichtlich getan.«

»Tja … du wirst mir fehlen«, sagte Beth. »Wer wird mich jetzt zum Lachen bringen?«

Lachen? Ich hatte Beth noch nicht *einmal* lachen sehen! Wovon redete sie?

Egal. Ehe ich mich's versah, lagen wir uns in den Armen, und in meinen Augen brannten Tränen. »Ich mail dir fünfmal am Tag«, versprach ich.

Beth ließ sich auf die Bettkante sinken. »Ich verstehe trotzdem nicht, warum du einen ganzen Monat dorthin musst«, sagte sie. »Es ist April. Das Schuljahr ist fast gelaufen, wenn du zurückkommst.«

»Ich muss Janines Schule besuchen«, seufzte ich.

»Aber warum?«, hakte Beth nach.

Ich zuckte die Achseln. »Mom ist ganz komisch wegen dieser Sache. Sie sagt, meine Kusine brauche mich.«

Beth richtete sich kerzengerade auf. »Was? Ist Janine krank oder so?«

»Keine Ahnung«, sagte ich. »Mom will's mir nicht verraten. Sie sagt bloß, dass wir sowieso mal etwas Abstand voneinander brauchten.«

»Höchst seltsam«, murmelte Beth.

Moms Ruf aus der Küche unterbrach unser Gespräch. »He, Mädels – wie läuft's denn mit dem Packen da oben?«

Ich starrte auf den leeren Koffer. »Gut«, rief ich nach unten. »Bin fast fertig.«

Die Leute stiegen bereits in den Bus, als Mom und ich am nächsten Morgen am Busbahnhof eintrafen. Wir hasteten durch den überfüllten Bahnhof. Mom trug einen Koffer, ich den anderen. Der prall gefüllte Rucksack hüpfte auf meinen Schultern.

Es hatte den ganzen Morgen über geregnet und der Betonboden war nass und glitschig. Zwei kleine Mädchen weinten neben dem Fahrkartenschalter. Ein junger Mann mit langen, fettigen Haaren saß auf dem Boden und spielte Gitarre.

Mom und ich blieben an der Absperrung vor den Bussen stehen. Sie stellte den Koffer neben mir ab und gab mir meine Fahrkarte.

Ich biss mir auf die Unterlippe, damit mein Kinn nicht mehr zitterte. Ich hatte nicht damit gerechnet, dass ich so nervös sein würde. Das kam wohl daher, weil Mom und ich uns so nahe standen. Früher haben wir uns oft gestritten. Doch seit Dads Tod hat es nicht ein böses Wort zwischen uns gegeben.

Ich drehte mich zu Mom. »Ich ruf dich an, sobald ich bei Tante Janet bin«, sagte ich.

Sie nickte. »Ja. Richte meiner Schwester aus, es tut mir Leid, dass ich nicht mitkommen kann.« Sie seufzte schwer. »Ich … ich habe dir einen Brief geschrieben.«

»Einen Brief?«

Sie nickte und dann umarmte sie mich fest. Ganz fest. Sie drückte mich so fest, dass ich fast keine Luft mehr bekam.

Ich wollte mich aus der Umarmung winden, aber sie ließ mich nicht los.

Mom drückte ihre heiße Wange gegen meine. Zu meiner Verwunderung wurde mein Gesicht feucht.

Als Mom mich schließlich losließ, sah ich die Tränen über ihr Gesicht laufen.

Ich erschrak richtig. Meine Mom weint sonst nie. Nie. Selbst als Dad starb, sah ich sie nicht weinen.

Ich wollte, dass sie aufhörte. Es machte mich durcheinander, richtig durcheinander. »He, es ist doch nur für einen Monat«, sagte ich.

Ein lautes Schluchzen drang aus ihrem offenen Mund. Und dann kullerten noch mehr Tränen hinter ihrer Brille hervor.

»Mom – was hast du nur?«, fragte ich. »Warum weinst du denn? Mom, antworte mir. Warum weinst du so?«

Ich dachte an Mom, während der Bus auf dem Highway Richtung Chicago rumpelte.

Sie hatte mir meine Frage am Busbahnhof nicht beantwortet. Sie lieferte mir keine Erklärung für ihren plötzlichen Gefühlsausbruch. Stattdessen drehte sie sich um und lief davon.

Seltsam.

Ich sah ihr nach, wie sie durch die Menge eilte. Ihre

Handtasche verfing sich an der Armlehne einer Bank, und sie musste kräftig ziehen, um sie freizukriegen. Dann hastete sie aus dem Bahnhofsgebäude.

Ohne sich auch nur einmal umzudrehen.

Ich rieb mein Gesicht. Es war noch feucht von ihren Tränen. Auf meiner Haut konnte ich ihr Make-up riechen.

Ich schluckte heftig, nahm meine beiden Koffer und lief zum Bus.

Ich fand einen Sitzplatz im hinteren Teil des Busses und starrte aus dem beschlagenen Fenster in den grauen, verregneten Tag. Niemand setzte sich neben mich. So konnte ich mich ein wenig ausstrecken.

Janine lebte bei ihren Eltern – bei meiner Tante Janet und ihrem Mann, Onkel Will – in einem Vorort namens Ellwood ein paar Meilen außerhalb von Chicago. Ich war nur ein einziges Mal bei ihr daheim gewesen. Da war ich zwei oder drei Jahre alt. Aber ich hatte oft Bilder von dem Haus gesehen.

Es war klein, ein quadratischer weißer Ziegelsteinkasten mit einem ganz schmalen Rasenstreifen als Vorgarten. Ein weißer Lattenzaun trennte Janines Haus von den kleinen Nachbarhäusern zu beiden Seiten.

Meine Tante und meinen Onkel kannte ich nicht sehr gut. Tante Janet leitete die Schulbücherei. Und Onkel Will arbeitete für die Chicago Cubs. Ich weiß nicht genau, was er für sie machte.

Sie riefen immer an meinem Geburtstag und zu Weihnachten an. Aber seit ich sechs war, hatte ich keinen von ihnen mehr gesehen.

Wie ich hinten im Bus saß und dem Trommeln des Regens auf dem Blechdach lauschte, fühlte ich mich plötzlich sehr einsam. Ich zog meine Jacke fester um mich und kuschelte mich in den Sitz.

Draußen war die ganze Welt grau. Die Autos hatten ihre Scheinwerfer eingeschaltet. Doch die blassen Lichtstrahlen schienen die Düsternis kaum zu durchdringen.

Der Mann auf dem Sitz vor mir begann, lautstark zu schnarchen. Ihm schräg gegenüber fingen zwei Kinder zu kichern an, die trotz der Wärme im Bus in Schneeanzüge gepackt waren.

»Es wird alles gut, Selena«, sagte ich mir und presste meine Stirn gegen die kühle Glasscheibe. »Du und Janine, ihr werdet die besten Freundinnen sein. Wie Schwestern.«

Welch ein Irrtum.

3

Es war schon spät am Nachmittag, als das Taxi vor Janines Haus vorfuhr. Der Regen hatte aufgehört, doch noch immer hingen dunkelgraue Wolken tief am Himmel. Die schmale Straße war nass und mit Pfützen übersät.

Ich bezahlte den Fahrer und stieg aus dem Wagen.

»He – da bist du ja!« Tante Janet kam die Vordertreppe heruntergelaufen und klatschte in die Hände.

Ich hatte vergessen, wie klein und zierlich sie war. Bekleidet mit einer schwarzen Pluderhose und einem schwarzen T-Shirt, erinnerte sie mich an eine aufgeregte Amsel.

Ihr kurzes schwarzes Haar mit den blond gefärbten Strähnen wippte, als sie den Gehweg herabgeeilt kam. »Hallo, Selena – du bist es!«

»Höchstpersönlich!«, erklärte ich mit einem Grinsen.

Ich hatte bereits meine Koffer hochgehoben. Aber ich musste sie wieder auf dem Gehweg abstellen, als Tante Janet ihre hageren Arme um mich schlang.

»Janine ist ja so gespannt!«, erzählte sie mir. »Sie kann's kaum erwarten, dich wiederzusehen.«

»Ich auch nicht«, sagte ich. »Ich kann es nicht glauben, dass ich tatsächlich hier bin! Das ist so lange her.«

»Will ist noch auf der Arbeit«, sagte sie und nahm einen meiner Koffer. »Aber zum Abendessen ist er zu Hause. Er hat eine Menge lustiger Dinge für uns alle in der Stadt geplant.«

Sie hatte kleine, runde Amselaugen, mit denen sie mich einen kurzen Moment lang studierte. »Es ist so schön, dich hier zu haben«, sagte sie. Als sie lächelte, erschienen in ihren Augenwinkeln hundert kleine Fältchen.

Tante Janet drückte mich noch mal. »Na los, geh schon. Geh rauf in Janines Zimmer. Sie erwartet dich.« Sie nickte in Richtung der Haustür. »Ich bringe deine Koffer nach drinnen. Geh schon. Husch!«

Ich zögerte. Ich dachte, die Koffer wären möglicherweise zu schwer für meine Tante Janet. Aber sie schickte mich erneut fort. Also lief ich rasch ins Haus.

Ich warf einen Blick in das kleine Wohnzimmer. In der Ecke lief ein Fernseher. Oprah Winfrey hielt ein Buch hoch und sprach zu einer Gruppe ernst aussehender Frauen.

Ich atmete tief durch. Im Haus roch es nach Schokolade. Durch die offene Küchentür konnte ich einen großen Schokoladenkuchen auf dem Büfett sehen.

Was für ein herzlicher Empfang, dachte ich. Tante Janet schien ehrlich froh über unser Wiedersehen.

Ich holte noch mal tief Luft und rannte die Treppe zu Janines Zimmer hinauf. Mein Herz fing heftig an zu pochen, als ich den Treppenabsatz erreichte.

Janines Zimmer war nicht schwer zu finden. Es gab nur wenige Zimmer im ersten Stock. Die Türen waren alle geschlossen bis auf jene am Ende des Flurs.

»Janine – ich bin hi-ier!«, rief ich.

Ich betrat das Zimmer. An einer Wand sah ich zwei Einzelbetten, getrennt durch eine kleine Kommode.

Auf der Kante eines der Betten saß ein Junge mit kurzem braunem Haar. Er trug eine weite Cargohose und ein riesiges schwarzes T-Shirt mit dem Aufdruck »Rock & Roll Forever« auf der Vorderseite. Er grinste von der Zeitschrift auf seinem Schoß zu mir hoch.

Janine stand an der anderen Seite des Zimmers, mit dem Gesicht zum Fenster. Sie war so groß und schlank!

Wir waren gleich alt, nur einen Monat auseinander.

Aber Janine war mindestens zehn oder gar fünfzehn Zentimeter größer als ich.

Ihr hellblondes Haar war nach hinten gekämmt und mit einem blauen Haargummi zusammengebunden. Sie trug ein blau-rot gestreiftes Top über einer Röhrenjeans, in der ihre Beine endlos lang wirkten.

»Janine – hi! Ich hab's geschafft!«, rief ich und ging auf sie zu.

Sie fuhr herum. »Siehst du nicht, dass ich gerade telefoniere?«

»Oh. Ähm, ich –« Ich brach mitten im Satz ab und sah das kleine silbrige Handy, das sie ans Ohr presste. »Entschuldigung.«

Janine drehte sich wieder zum Fenster um und quasselte weiter ins Telefon.

Der Junge warf seine Zeitschrift aufs Bett. »Na, wie geht's?«, fragte er. »Du bist Janines Kusine, stimmt's? Sie sagte, du würdest heute kommen. Ich bin Stan.«

»Hi, Stan.« Ich stand unbeholfen in der Mitte des Zimmers und wusste plötzlich nicht mehr, wohin mit meinen Händen. Ich trug einen Lederrock und hatte deshalb keine Taschen, wo ich sie hätte reinschieben können.

Janine kehrte mir nach wie vor den Rücken zu. Sie nahm einen Tennisball von einem Regal und drückte ihn in der Hand, während sie ungerührt weitertelefonierte.

»Du bist mit dem Bus gekommen?«, fragte Stan. »Wie war's?«

»Nicht übel«, antwortete ich. »Am Flughafen standen wir ganz schön im Stau.«

Ich kam mir vor wie der letzte Idiot. Was redete ich da über *Staus*?

»Du hast also vor, einen ganzen Monat hier zu bleiben?«, fragte Stan. »Dann wirst du dir das Zimmer mit Janine teilen.«

»Werde ich wohl«, erwiderte ich und ließ meinen Blick durch das kleine, voll gestopfte Zimmer schweifen. »Hoffentlich hat Janine nichts dagegen.«

»Hoffentlich hat Janine nichts *wogegen*?«, fragte meine Kusine.

Als ich mich umdrehte, sah ich, dass sie das Handy endlich hingelegt hatte. Ihre blauen Augen musterten mich. Sie hatte violetten Lippenstift aufgetragen. Sie war umwerfend schön. Wie ein Supermodel.

»Ich hoffe, du hast nichts dagegen, dein Zimmer mit mir zu teilen«, beantwortete ich ihre Frage.

Sie zuckte mit den Schultern. »Na, wenn schon.« Dann zogen sich die violetten Lippen zu einem Lächeln in die Breite, und sie trat vor, um mich zu umarmen.

»Wie schön, dich zu sehen«, sagte ich.

»Muhkuh – ich fass es nicht, dass du hier bist!«, rief sie.

Mir klappte das Kinn herunter. »Wie bitte? Was hast du –«

»Muhkuh! Muhkuh!«, äffte sie.

Stan lachte. »Warum nennst du sie so?«, fragte er Janine. »Ist das ein Spitzname oder so?«

»Muhkuh?«, wiederholte Janine. »So hab ich sie schon immer genannt.«

Ich fühlte, wie mir ganz heiß wurde, und wusste,

dass ich rot anlief. Ich ballte meine Hände zu Fäusten. »Aber – warum?«, fragte ich.

Janine schüttelte den Kopf. Ihre blauen Augen funkelten. »Erinnerst du dich nicht mehr? Als wir noch kleine Kinder waren und ich dich besucht habe?«

»Erinnern? Woran?«

»Du bist die Treppe runtergefallen«, antwortete Janine. »Du hast behauptet, ich hätte dich geschubst, aber das stimmte nicht. Du bist gefallen und hast angefangen zu flennen. Aber es hörte sich nicht an wie normales Weinen. Es klang genauso wie das Muhen einer Kuh.«

»D-daran kann ich mich nicht erinnern«, stammelte ich.

»Aber natürlich«, sagte Janine feixend. »Seitdem hab ich dich nur noch Muhkuh genannt.«

Stan lachte. »Los, mach mal«, forderte er mich auf und sprang auf die Füße. »Kannst du es noch? So muhen wie eine Kuh?«

»Du spinnst wohl!«, rief ich und spürte, dass ich noch mehr errötete. »Ich hab keine Ahnung, wovon sie spricht. Ehrlich!«

»Na, komm schon«, sagte Janine. Sie warf den Kopf in den Nacken und begann zu muhen. Es war ein echt krankes Muhen, das sich mehr so anhörte, als wäre jemand am Ersticken und würde nach Luft japsen.

Stan stimmte mit ein und dann muhten sich die beiden aus Leibeskräften an.

»So geht das also hier oben zu, wenn ihr Spaß haben wollt?«, sagte ich. »Vielleicht könnten wir ja noch ein paar andere Farmtiere einüben und uns zu einer Talentshow anmelden.«

Schließlich hörten sie auf zu muhen. Janines Augen blitzten aufgeregt. Sie grinste mich an. »Wir werden uns köstlich amüsieren!«

»Nicht, wenn du mich weiterhin Muhkuh nennst«, warnte ich.

Janine wollte gerade etwas darauf erwidern, doch ein lautes Poltern auf der Treppe ließ sie innehalten.

Dann hörten wie einen Schrei. »Hilfe! Janine, hilf mir!«, stöhnte ein Mädchen.

Janine riss die Augen weit auf.

Ich fuhr herum und starrte zur Tür.

Ein hoch gewachsenes Mädchen mit rotem, lockigem Haar taumelte ins Zimmer. Sie rang nach Atem und rollte hektisch mit den Augen.

Als ich das Blut seitlich an ihrem Gesicht sah, schrie ich.

»Helft mir!«, ächzte sie. »Ohhh ... bitte helft mir!«

4

»Cindy – was ist denn *passiert*?«, rief Janine.

Sie rannte durchs Zimmer und half ihr aufs Bett.

»Ich – man hat mich ausgeraubt!«, schluchzte das Mädchen. Sie hob die Hand an die blutende Kopfwunde.

Ich fühlte mich mit einem Mal ganz unbehaglich. Beim Anblick von Blut wird mir immer schlecht. Ich kann Gewalt in keiner Form ertragen. Und im Kino muss ich, wenn's gruselig wird, immer die Augen zumachen.

»Cindy? Hab ich doch richtig gesehen! Was um alles in der Welt –!« Tante Janet kam ins Zimmer gestürzt. Sie setzte sich neben Cindy aufs Bett und untersuchte ihre Schnittverletzung. »Es ist nicht so schlimm«, sagte sie. »Ich denke, wir werden die Blutung recht schnell stillen können.«

Sie rannte aus dem Zimmer und kehrte ein paar Sekunden später mit einem nassen Waschlappen zurück, den sie sanft gegen Cindys Schläfe drückte.

»I-ich bin für meine Mom zum Geldautomaten gegangen«, berichtete Cindy, die noch immer heftig keuchte. »Aber kaum hatte ich das Geld eingesteckt, tauchten diese Männer auf. Drei Männer. Sie stellten sich mir wortlos in den Weg.«

»Wow. Echt unheimlich«, murmelte Stan. Er stand neben dem Bett, die Hände tief in den Hosentaschen vergraben. Er war plötzlich sehr blass um die Nase.

Mein Magen rebellierte. Ich schluckte schwer und versuchte krampfhaft, mich nicht zu übergeben.

Janine saß auf der anderen Seite neben Cindy und tätschelte ihr die Schulter. Tante Janet tupfte weiter sachte ihre Schläfe ab. Getrocknetes Blut klebte in Cindys rotem Haar.

»Was blieb mir anderes übrig? Ich gab ihnen meinen Geldbeutel!«, sagte Cindy mit zittriger Stimme. »Doch sie stießen mich auf dem Gehweg zu Boden. Dann liefen sie weg. I-ich rannte los, wollte nach Hause. Aber ich war so durcheinander, dass ich gegen einen Baum lief. Dabei hab ich mich geschnitten.«

»Die Wunde blutet schon nicht mehr so stark«, sagte Tante Janet leise. »Ich glaube, sie muss nicht genäht werden.« Sie legte den Waschlappen in Cindys Hand. »Halte ihn weiter auf deine Schläfe. Ich werde deine Mutter anrufen.«

»Was ist mit der Polizei?«, fragte Janine.

»Cindys Mutter kann die Polizei informieren, sobald sie zu Hause sind«, meinte Tante Janet und eilte aus dem Zimmer.

Janine hatte den Arm um ihre Freundin gelegt. »Es wird alles gut«, sagte sie leise. »Hast du die Männer gut sehen können?«

»Nein. Sie hatten Hüte auf und sie tief ins Gesicht gezogen. Sie sahen richtig gefährlich aus. I-ich hatte solche Angst«, flüsterte Cindy. »Zum Glück merkte ich, dass ich nur ein paar Blocks von deinem Haus entfernt war.«

Janine wandte sich plötzlich an mich. »Wärst du nicht gern irgend so ein Superheld?«, fragte sie. »Du könntest aus dem Fenster schweben und diese drei Mistkerle hochnehmen.«

Bei dieser Vorstellung rebellierte wieder mein Magen. »Nein, bestimmt nicht«, erwiderte ich. »Dafür wäre ich viel zu ängstlich.«

Janine sah mich stirnrunzelnd an. Irgendwie hatte ich den Eindruck, etwas Falsches gesagt zu haben.

Ich drehte mich zu Cindy. »Übrigens, ich bin Janines Kusine Selena«, sagte ich.

»Hi«, sagte Cindy und betupfte ihre Wunde. Der Waschlappen war inzwischen voller roter Flecken. »Janine sagte, dass du kommen würdest.«

»Ja«, antwortete ich verlegen. Ich hatte verkrampft mit fest verschränkten Armen in der Ecke des Zimmers gestanden. »Ich … es tut mir Leid, was dir passiert ist.«

Cindy hörte mich nicht. Sie und Janine unterhielten sich im Flüsterton.

»Das ist schon irgendwie unheimlich. Es gab eine ganze Reihe von Überfällen hier in der Gegend«, erklärte Stan.

»Puh. Das ist ja schrecklich«, entgegnete ich.

»Willkommen in Chicago«, sagte Janine bitter.

Sie und Stan führten Cindy ein paar Minuten später die Treppe hinunter. Ich ließ mich aufs Bett sinken und schloss die Augen. Mir war übel und schwindlig. Immer wieder sah ich das Bild der drei Männer vor mir, wie sie Cindy ausraubten.

Nach einer Weile fühlte ich mich etwas besser. Ich

hob Cindys Waschlappen auf und wollte ihn gerade ins Badezimmer bringen. Doch auf halbem Weg blieb ich im Flur stehen.

»Huch!« Die roten Flecken auf dem Waschlappen waren so hell. Nicht dunkel wie Blut.

Jetzt untersuchte ich den Waschlappen genauer. Farbe! Er roch nach Farbe.

Ja. Die Flecken, das war rote Farbe – kein Blut.

Ich starrte auf den Waschlappen und mir wurde erneut schwindlig. Hatte Cindy die ganze Sache nur vorgetäuscht?, fragte ich mich.

Nein. Ausgeschlossen. Warum sollte sie so was tun?

5

Zu viert saßen wir um den Tisch in dem kleinen Esszimmer. Tante Janet reichte mir den Teller mit dem gegrillten Hühnchen.

»Ich wette, ihr Mädels möchtet am Samstag shoppen gehen«, sagte Onkel Will. »Ich könnte euch in die Stadt fahren und an der Michigan Avenue rauslassen.«

»Da sind all die tollen Läden«, erklärte Tante Janet.

»Klingt super«, sagte ich und schaute über den Esstisch zu Janine.

»Am Samstag hab ich vielleicht was anderes vor«, meinte Janine. »Mit meinen Freundinnen.«

Onkel Will schluckte einen großen Happen Kartoffelbrei runter. »Du hast Selena nicht mehr gesehen, seit du klein warst. Ich weiß, ihr zwei werdet euch besser kennen lernen wollen.«

»Das Hühnchen schmeckt ganz wunderbar«, sagte ich zu Tante Janet. Ich wollte unbedingt das Thema wechseln.

Bis zu Janines Kommentar war unser Abendessen wirklich nett verlaufen. Es war toll, Onkel Will wiederzusehen.

Er war ein untersetzter, rundlicher Mann mit leuchtend roten Wangen, verschmitzten blaugrauen Augen, einem dichten schwarzen Haarschopf, der auf seinem Kopf wippte, und einer tiefen, dröhnenden Stimme.

Aus meiner Kinderzeit hatte ich nicht allzu viele Erinnerungen an ihn. Aber er war so warmherzig und freundlich, dass ich wusste, wir würden super miteinander auskommen.

»Oje –« Ich ließ mein Besteck auf den Tisch fallen. »Ich hab glatt vergessen, Mom anzurufen«, sagte ich. »Ich sollte sie anrufen und ihr Bescheid geben, dass ich angekommen bin.«

Ich sah, wie Janine erschrak. Sie drehte sich zu ihrer Mutter, als ob ich was Falsches gesagt hätte.

»Das brauchst du nicht, Selena«, meinte Tante Janet. »Ich habe deine Mom bereits heute Nachmittag angerufen und ihr gesagt, dass du wohlbehalten hier eingetroffen bist.«

»Na ja, ich möchte sie bloß kurz sprechen und ihr sagen, wie toll alles ist.« Ich schob meinen Stuhl zurück und war im Begriff aufzustehen. »Und ich möchte ihr von dem leckeren Essen erzählen, das sie versäumt.«

»Äh … ist sie jetzt nicht in der Arbeit?«, fragte Tante Janet.

Ich schaute auf meine Armbanduhr. »Nein. Erst in einer Stunde«, sagte ich.

»Setz dich«, drängte Onkel Will sanft und machte mit den Händen eine unmissverständliche Geste. »Lass es dir erst mal schmecken, Selena. Und mach dir keine Sorgen. Du kannst später noch mit deiner Mom sprechen.«

Langsam setzte ich mich wieder auf meinen Stuhl.

Janine verdrehte die Augen. »Du wirst doch nicht schon *jetzt* Heimweh haben!«

»He, hast du schon mal eine echte, superdicke Chicagoer Pizza probiert?«, fragte mich Onkel Will mit einem Grinsen. »Ich wette, das hast du nicht. Also, ich weiß, wo es die besten gibt. Das Restaurant liegt in der Nähe der Northwestern University. Vielleicht lade ich euch alle morgen Abend dorthin ein.«

»Super«, sagte ich. Ich blickte auf meinen Teller runter. Plötzlich hatte ich keinen Hunger mehr.

Bilde ich mir das nur ein?, fragte ich mich. Oder versuchten sie wirklich, mich davon abzuhalten, mit Mom zu telefonieren?

GRUSELFIEBER

6

»Mein Bett ist das am Fenster«, sagte Janine. »Ich brauche viel Frischluft.«

»Okay«, sagte ich und blickte aus dem Fenster hinaus in die Nacht. Kräftige Windböen schleuderten den Regen gegen die Scheiben.

Mir war, als müsste ich gleich platzen. Onkel Will hatte darauf bestanden, dass ich zwei Stücke von Tante Janets Schokoladenkuchen aß!

Jetzt lag einer der Koffer geöffnet auf meinem Bett und ich war mit Auspacken beschäftigt.

Janine stand auf der anderen Seite des Bettes, die Hände in die Hüften gestemmt, und schüttelte den Kopf. »Ich kann's nicht glauben, dass du *zwei* Koffer mitgebracht hast«, sagte sie.

Sie ist wirklich eklig zu mir, dachte ich. Sie will, dass ich mich unwohl fühle. »Nun, ich *bleibe* ja auch für einen ganzen Monat«, entgegnete ich. »Und ich wusste nicht, wie kalt es hier im April noch ist.«

Janine seufzte. »Ich habe eine Schublade in der Kommode für dich leer geräumt.« Sie zog die unterste Schublade heraus. Dann ging sie zum Schrank hinüber und machte die Tür auf. »Der Schrank ist schon ziemlich voll. Aber du wirst schon noch ein paar Sachen reinquetschen können, schätze ich.«

Ich blickte in den Schrank. Er war von einer Wand zur anderen mit Janines Klamotten voll gestopft. Kein Zentimeter Luft blieb da mehr übrig.

Und nur *eine* mickrige Kommodenschublade?

»Hm … dann werde ich wohl einen Teil meiner Sachen im Koffer lassen«, murmelte ich.

Janine gab keine Antwort. Sie setzte sich an ihren Schreibtisch und tippte eine Nummer in das Telefon. »Hi, Stan. Was läuft denn so?«

Sie und Stan redeten eine Weile über Cindy. Dann fingen sie an, über einige Lehrer an der Schule zu plaudern.

Während Janine sprach, zog ich ein paar Kleidungsstücke aus dem Koffer, die ich vermutlich in nächster Zeit brauchen würde, und verstaute sie in der Schublade.

»Janine?«, rief Tante Janet von unten. »Hilfst du Selena beim Auspacken?«

Janine ließ den Hörer sinken. »Ja, mach ich!«, rief sie zurück. »Alles okay bei uns!« Dann setzte sie ihre Unterhaltung mit Stan fort.

Ich zog einen gerade geschnittenen Rock mit Schottenkaros aus dem Koffer, hielt ihn hoch und versuchte, einige der Falten herauszustreichen.

Janine legte auf. Sie drehte sich in ihrem Schreibtischstuhl um und fing an zu lachen.

»Was ist denn so komisch?«, fragte ich.

»Wow. Den gleichen Rock hatte ich in der dritten Klasse!«, höhnte sie.

Ich hielt ihn ausgestreckt vor mich hin. »Findest du, ich bin zu alt für so was?«

»Du?«, erwiderte Janine. »Nein.«

Ich wollte dieses hämische Grinsen von ihrem Gesicht wischen! Warum war sie nur so ekelhaft zu mir?

Einen ganzen Monat werde ich hier verbringen, dachte ich und war auf einmal sehr besorgt. Ich werde dieses kleine Zimmerchen mit ihr teilen.

Ich möchte doch wirklich gut mit ihr auskommen. Ich wünsche mir von Herzen, dass sie mich mag.

»Ich … ich hoffe, wir beide können uns nun richtig kennen lernen«, stammelte ich.

Janine ignorierte mich. Sie gab keine Antwort. Sie hockte vor ihrem Bücherregal und fing an, nach etwas zu suchen. Eine Minute später kam sie zu mir rüber – mit einem Stapel Comicalben.

»Interessiert dich so was?«, fragte sie.

Mir klappte der Mund auf. Ich konnte mein Erstaunen nicht verbergen. »*Du* liest Comics?«

Sie nickte. »Ja. Ich liebe sie.«

Ich warf einen Blick auf die Hefte. »Was liest du denn? Gezeichnete Romane?«

»Ach was.« Sie drückte mir den Stapel Comics in die Arme. »Hier. Schau einfach mal rein.«

Ich nahm die Hefte und blätterte sie durch. Es waren ausschließlich Comics über weibliche Superhelden. *Silver Katt, Marla Mutant, Fox Woman* und darunter einer mit dem Titel *Super Model,* in dem eine schöne, junge Frau üble Schurken mit ihrem fabelhaft guten Aussehen hypnotisierte.

Mir kamen sie irgendwie babyhaft vor. Aber ich murmelte: »Interessant.«

Janine kicherte. »Ich binde nicht zu vielen Leuten auf die Nase, dass ich Comics lese. Normalerweise tun Mädchen so was nicht, oder?«

»Hmm, das ist schon etwas merkwürdig«, erwiderte ich.

Sie seufzte. »Aber wäre es nicht cool, wenn es Superhelden wirklich gäbe?«

Ich starrte sie an. Wieso redet sie andauernd von Superhelden?, wunderte ich mich.

Ich machte mit dem Auspacken Schluss. Den Großteil meiner Klamotten musste ich ohnehin in den Koffern lassen. Anschließend schob ich die Koffer unters Bett.

Plötzlich fühlte ich mich ziemlich erschöpft. Das kam vermutlich von der langen Busfahrt.

Ich sagte meiner Tante und meinem Onkel Gute Nacht. Auch Janine meinte, dass sie müde sei. Ein paar Minuten später lagen wir beide still in unseren Betten. Ich starrte ins Dunkel hinauf und horchte auf die fremden Geräusche im Haus.

Bald darauf fiel ich in einen tiefen, traumlosen Schlaf.

Irgendwann in der Nacht wachte ich auf. Ich schaute auf den Radiowecker auf dem Nachttisch. Viertel nach drei.

Ich drehte mich auf die andere Seite – und blinzelte überrascht, als ich Janines Bett sah.

Leer.

Ihr Bett war leer.

GRUSELFIEBER

7

Am nächsten Morgen – meinem ersten Tag an Janines Schule – konnte ich mich nicht entscheiden, was ich anziehen sollte. Vielleicht eine Jeans und dazu mein neues blaues Sweatshirt? Oder meinen Lederrock mit einer Weste darüber oder so?

Ich betrachtete noch den Rock und das Sweatshirt, als Janine aus dem Badezimmer kam und sich mit einem großen Badetuch die Haare trockenrubbelte. »Das Bad ist frei«, sagte sie. »Entschuldige, wenn ich es ein wenig voll gedampft habe.«

»Wo bist du letzte Nacht gewesen?«, fragte ich sie geradeheraus.

Sie sah mich aus ihren blauen Augen durchdringend an. »Wie bitte?«

»Ich bin aufgewacht und du warst weg«, sagte ich.

Sie setzte eine verdrießliche Miene auf. »Spionierst du mir etwa nach? Ich bin nach unten gegangen, um mir ein Glas Wasser zu holen. Na und?«

Dafür war sie doch viel zu lange weg, dachte ich.

Janine zog das Handtuch vom Kopf und schüttelte ihr Haar. »Ach ja. Fast hätte ich's vergessen. Heute ist Spirit Day.«

»Heute ist *was*?«, fragte ich.

»Spirit Day. Das ist so 'ne Art Siegesfeier in der Turnhalle, gleich heute Morgen, weißt du. Für unsere Basketballmannschaft – die Golden Bears.«

»Aber ist die Basketballsaison nicht schon vorbei?«, fragte ich.

Janine nickte. »Ja, aber wir veranstalten zu Ehren der Mannschaft immer den Spirit Day. Dieses Jahr haben wir es sogar bis zum Landesturnier geschafft.« Sie schob sich an mir vorbei zum Schrank. »Du musst was mit Grün und Gold anziehen. Alle tragen heute die Farben Grün und Gold.«

Ich blinzelte. »Grün und Gold? Na ja …« Ich überlegte angestrengt, welche Sachen ich mitgebracht hatte. »Ich hab eine grüne Kordhose dabei.«

»Toll«, sagte Janine und zog ein gelbes Sweatshirt aus dem Fach im Schrank. »Den kombiniere ich mit einem grünen Kordrock. Weißt du was? Ich habe eine grüne Weste, die du tragen könntest.«

Ich musterte ihren langen, schlanken Körper. »Glaubst du, die würde mir passen?«

»Klar«, antwortete Janine. »Wenn du sie offen trägst. Hast du ein gelbes Top zum Drunterziehen?«

»Ich glaub schon«, sagte ich.

Kurz darauf winkte ich Tante Janet zum Abschied und folgte Janine aus der Tür.

Es war ein stürmischer grauer Tag. Die Bäume schwankten und knarrten im Wind. Ich zog den Reißverschluss meiner Daunenjacke bis zum Kinn hoch und schob die Hände in die Taschen.

Janines Schule – die Elmwood Middle School – war zwei Blocks entfernt. Janine ging flott mit langen Schritten. Ich musste joggen, um mit ihr mitzuhalten.

Sie lächelte auf eine seltsame Art. Und einmal ertappte

ich sie dabei, wie sie über irgendwas kicherte. »Was gibt's denn so Komisches?«, fragte ich.

Sie zuckte die Achseln. »Ich hab nur gerade an was gedacht.«

Wir waren ein bisschen spät dran. Die meisten Kinder waren schon im Schulgebäude.

Es war ein flacher roter Backsteinbau, der sich fast über einen Block erstreckte. Ich sah ein Footballfeld und rechts davon eine Tribüne. Davor flatterte die Fahne und klatschte in dem böigen Wind gegen den Mast.

Ich war froh, ins Warme zu kommen. Obwohl wir nur zwei Blocks weit gegangen waren, brannte mein Gesicht von der Kälte.

Plötzlich fiel mir Mom ein. Ich wollte sie noch vor dem Frühstück anrufen. Aber sie hatte die Nacht durchgearbeitet. Deshalb beschloss ich, sie nicht aufzuwecken.

Die gelb gefliesten Gänge wirkten wie ausgestorben. Über den Flur klangen Stimmen aus der Turnhalle herüber. Ein Junge rannte vorbei und rief Janine zu: »Du kommst zu spät. Beeil dich lieber.«

»Lass mich deine Jacke nehmen, du hast ja kein Schließfach«, sagte Janine und streckte die Hand danach aus. »Zur Turnhalle geht's da lang.« Sie zeigte in die Richtung, aus der der Lärm kam. »Ich häng deine Jacke bei mir in den Schrank und komme dann sofort nach.«

Ich gab ihr meine Jacke und sie flitzte los. »Halt mir einen Platz frei!«, rief sie.

Ich strich die grüne Weste glatt und zog die Ärmel meines gelben Shirts herunter. Dann drückte ich die Tür zur Turnhalle auf und betrat die Halle.

Drinnen herrschte ein ohrenbetäubender Krach. Schreie und Gelächter ertönten von der hohen Tribüne und hallten von den Wänden wider.

Cheerleaderinnen drängten sich am Boden vor der Tribüne. Ich blickte nach oben. Fast alle Plätze waren besetzt.

Da entdeckte ich einen freien Platz ganz hinten und begann, die Metalltreppe raufzugehen. Ich hatte erst einige Stufen genommen, als es in der Halle plötzlich ganz still wurde.

Ich dachte, die Feier würde gleich beginnen. Ich merkte gar nicht, dass es wegen mir mucksmäuschenstill war.

Bis ich die ersten Rufe hörte.

»He, da ist ja eine aus Blakemoor!«

»Buuuuh!«

»Verschwinde, Blakemoor-Tussi! Du hast hier gar nichts zu suchen!«

»Buuuuh! Wer hat die denn eingeladen?«

»Weg hier! Mach, dass du rauskommst!«

Es dauerte so lange, bis ich kapierte, dass sie *mich* anschrien.

Mir rutschte das Herz in die Hose. Ich schaute mich um und sah …

Ich sah …

Ich sah, wie sie alle gekleidet waren. Alle Leute auf den Tribünenrängen. In der ganzen Turnhalle. Jeder …

Alle trugen Rot und Blau.

Rot und Blau. Mir war es sofort klar. Ich wusste, was Janine mir eingebrockt hatte.

Rot und Blau waren die Schulfarben von Elmwood.

Und ich trug Gelb und Grün.

»Raus! Raus! Raus!«, johlte inzwischen die ganze Halle, dass die Tribüne wackelte. Die Kinder sprangen auf und klatschten rhythmisch dazu.

»Raus! Raus! Raus!«

Ich machte kehrt und wäre beinahe gestürzt. Mein Fuß verfing sich in der metallenen Stufe. Ich ruderte mit den Armen und fand gerade noch meine Balance wieder.

»Raus! Raus! Raus!«

Ich merkte, dass ich puterrot wurde. Schnell sprang ich die wenigen Stufen bis zum Boden hinunter.

Und sah Janine durch die Tür gegenüber die Halle betreten. Sie trug Rot und Blau. Sie musste sich umgezogen haben, nachdem sie meine Jacke genommen hatte.

Sie warf mir ein breites Grinsen zu und begann, die Tribüne hinaufzusteigen.

»Raus! Raus! Raus!«

»Werft Blakemoor raus!«

Inzwischen war ein Lehrer ans Mikrofon getreten. Er fuchtelte mit den Händen in der Luft herum und versuchte, die Menge zum Schweigen zu bringen.

Die Cheerleaderinnen in ihren rot-blauen Uniformen standen in einer Reihe da und starrten auf mich.

»Raus! Raus! Raus!« Stampfen und Klatschen. Das Johlen steigert sich immer mehr.

Ich schrie laut auf. Ich wusste nicht, was ich machen sollte, wo ich hinsollte.

Ich hielt mir die Ohren zu, drehte mich von der Tribüne weg und rannte davon.

Raus aus der Turnhalle, über den langen, leeren Flur, wieder nach draußen.

Ich war ohne Jacke. Janine hatte meine Jacke irgendwo versteckt, damit die ganze Schule es sehen sollte. Jeder würde die falschen Schulfarben sehen, die ich trug.

Die ganze Schule würde sich immer daran erinnern, dass ich das Mädchen war, das an seinem ersten Tag in Elmwood Grün und Gelb getragen hatte. Jeder würde mich sehen und es sich merken. Wie sollte ich hier bloß einen ganzen Monat überstehen?

Mit einem Schrei rannte ich los. Der Wind wirbelte mir welkes Laub entgegen, als wollte er mich zurückschieben. Ich zog den Kopf ein und rannte weiter.

Über den Schulhof.

Hinaus auf die Straße.

Eine Autohupe plärrte, doch ich blickte nicht auf. Meine Schuhe klapperten über den Asphalt. Der Wind zerzauste mein Haar.

Wohin lief ich eigentlich? Ich wusste es nicht. Ich wollte nur weg.

Ich wusste nicht, dass es keinen Fluchtweg gab.

Keine Rettung vor Janine und den schrecklichen Plänen, die sie mit mir hatte.

GRUSELFIEBER

8

Ich rannte die zwei Blocks bis zu Janines Haus. Als das kleine weiße Haus in Sicht kam, bibberte ich schon vor Kälte.

Erst mal rein und umziehen, beschloss ich.

Danach werde ich zur Schule zurückgehen und so tun, als wäre nichts passiert.

Ich lief die Vordertreppe hoch und klopfte an die Tür.

Wie soll ich Janine diese Gemeinheit je heimzahlen?, fragte ich mich. »Da wird mir schon was einfallen«, sagte ich laut.

»Aufmachen!« Ich klopfte noch mal. Dann drückte ich auf die Klingel und hielt den Knopf gepresst. Ich konnte hören, wie es drinnen läutete.

»Na, mach schon, Tante Janet. Bitte!«

Der Wind pfiff ums Haus und blies mich fast von der Treppe.

Drinnen blieb alles still. Ich klingelte wieder. Dann drückte ich die Türklinke. Abgeschlossen.

Niemand zu Hause. Meine Tante musste fortgegangen sein.

Da bemerkte ich, dass ich keinen Schlüssel hatte.

Ein neuerlicher Windstoß ließ mich die Treppe runterhüpfen. Mir bleibt keine andere Wahl, stellte ich fest. Ich kann nicht den ganzen Tag ohne Jacke hier draußen rumstehen. Ich muss wieder zur Schule. Selbst in diesem furchtbar peinlichen grün-gelben Outfit.

Und so rannte ich zur Straße und wetzte zur Schule zurück. Als ich in die Wärme des Gebäudes kam, war mein ganzes Gesicht wie taub und meine Haut schon richtig blau!

Ich hatte keine Ahnung, wohin ich sollte. Planlos irrte ich durch die Gänge, bis ich endlich das Büro des Schulleiters fand. Die Sekretärin suchte meine Daten aus der Schülerdatei im Computer heraus. Dann nahm sie mich an der Hand und brachte mich zu meinem Klassenzimmer.

Natürlich glotzten alle, als ich zögerlich den Raum betrat. Mit einem raschen Blick erfasste ich die Situation. Alle waren in Rot und Blau gekleidet.

In der ersten Reihe entdeckte ich Janine. Sie schleuderte mir abermals ein breites Grinsen entgegen.

Dieses Grinsen machte mich fuchsteufelswild. Gewalt macht mich krank, und trotzdem wollte ich zu ihr rübergehen und ihr ins Gesicht schlagen, bis es auch rot und blau war!

Stattdessen stellte ich mich meiner Lehrerin, Miss Collins, vor.

Sie lächelte und sagte: »Hallo, Selena. Willkommen.« Aber ihr Blick ruhte auf meiner Kleidung. »Ich fürchte, du bist für den heutigen Tag unpassend gekleidet.«

Die Lehrerin wandte sich an Janine. »Janine, du hättest deine Kusine warnen sollen, was sie an einem solchen Tag nicht anziehen darf«, schimpfte sie.

»Hab ich doch versucht«, erwiderte Janine, noch immer grinsend. »Aber sie wollte ja nicht auf mich hören.«

»Das stimmt nicht!«, schrie ich. Es kam viel schriller

heraus, als ich beabsichtigt hatte. Ich klang wie ein weinerliches Baby.

Miss Collins wies mir eine leere Bank zu. Ich spürte, wie alle Augen auf mich gerichtet waren, während ich durch den Raum schlich und mich auf den Stuhl setzte.

Ich wollte im Erdboden versinken. Ich wollte unsichtbar sein.

Warum mag Janine nicht meine Freundin sein?, grübelte ich.

Warum will sie meine Feindin sein?

Nach der Schule konnte ich es nicht erwarten, nach Hause zu kommen. Ich ging auf die Eingangstür der Schule zu, aber Stan stellte sich mir in den Weg.

Er trug eine Bomberjacke aus braunem Leder. Das Leder war abgewetzt und fleckig und eine Tasche war halb abgerissen. Er zog sich eine wollene Skimütze über die Ohren.

»Ich schätze, du hattest einen schlechten Tag«, meinte er.

Ich nickte. »Es war nicht der beste.«

»Manchmal können Janines Witze echt ätzend sein«, erklärte er.

»Kann man wohl sagen«, murmelte ich. Ich drückte die Tür auf und trat ins Freie.

»Ich glaube, sie ist von deiner Anwesenheit gestresst«, fuhr Stan fort. »Ich meine, sie kennt dich doch gar nicht.«

»Na, hör mal, sie gibt sich nicht eben *Mühe*!«, rief ich.

Ich winkte ihm zu und trottete davon. In die Jacke eingemummt, eilte ich heimwärts. Ich sehnte mich danach, aus diesen grässlichen Klamotten rauszukommen.

Tante Janet öffnete mir. »Wie war dein erster Tag in Elmwood?«

»Frag nicht«, knurrte ich und flitzte zu unserem Gemeinschaftszimmer hoch.

Dort ließ ich mich auf den Boden plumpsen und zog meinen Koffer unter dem Bett hervor. Ich klappte den Deckel auf. Dann kramte ich eine verwaschene Bluejeans und ein graues Sweatshirt heraus.

Ich wollte gerade den Koffer schließen, als ich einen weißen Umschlag zwischen einigen Sweatern entdeckte. Ein Brief! Ja. Der Brief, den Mom mir geschrieben hatte. Den hatte ich völlig vergessen.

Ich ließ die Jeans und das Sweatshirt fallen, zog den Umschlag heraus, riss ihn auf und faltete den Brief auseinander.

Als ich zu lesen begann, fing meine Hand an zu zittern. Mein Herz pochte heftig. Ich musste den Brief mit beiden Händen festhalten.

Nein. Nein ...! *Das kann doch nicht wahr sein,* dachte ich. Das hat Mom nicht geschrieben – *oder etwa doch?*

9

Liebe Selena,

bald wirst du die Wahrheit erfahren.

Du wirst wissen, warum ich mich bei unserem Abschied so merkwürdig verhielt und warum ich so traurig war, als ich dir Lebewohl sagte.

Du wirst ganz durcheinander sein von allem, was du herausgefunden hast.

Am schlimmsten aber ist die Gewissheit, dass nichts mehr so sein wird, wie es war.

Es wird hart für dich sein. Und es ist furchtbar hart für mich.

Du bist jetzt auf dich allein gestellt und musst deinen eigenen Weg gehen.

Bitte, bitte verzeih mir, Selena.

Sieh dein Leben mit mir nicht als eine Lüge. Versuche zu verstehen, warum ich dir nicht die Wahrheit sagen konnte.

Versuche zu begreifen, weshalb ich das, was ich wusste, niemals preisgeben konnte. Obwohl es Tag und Nacht meine Gedanken beherrschte.

Ich weiß, es ist schwer. Aber du sollst wissen, dass es für mich noch schmerzhafter ist als für dich.

Ich werde dich vermissen und immer lieben.

Vergiss mich nicht.

Deine Mom

GRUSELFIEBER

10

Ich kniete auf dem Boden und las gerade den Brief zum dritten Mal, als Janine ins Zimmer platzte.

Sie schmiss Mantel und Rucksack aufs Bett und drehte sich zu mir. »Was gibt's? Was machst du denn da unten?«

Ich hielt den Brief hoch. Meine Hand zitterte noch immer.

Die Worte in dem Brief ergaben für mich keinen Sinn.

Wovon redete meine Mutter?

»Der Brief hier –«, wollte ich Janine gerade einweihen. Doch dann hielt ich inne. Starrte zu ihr hoch. Und Wut stieg in mir auf.

»Wie konntest du mir das *antun*?«, zeterte ich. »Wie konntest du mir an meinem ersten Schultag einen so üblen Streich spielen?«

Sie hatte angefangen, ihr blondes Haar zu einem Pferdeschwanz zu binden. Aber nun ließ sie ihr Haar wieder über die Schultern zurückfallen. Langsam verzog sich ihr Mund zu einem breiten Grinsen. »Das war doch ziemlich komisch«, murmelte sie.

»Was? Komisch?«, kreischte ich und sprang auf. »Janine – wie kannst du nur so *kalt* sein!«

Und dann platzte mir der Kragen.

Ich stürzte mich auf sie und schlang die Arme um ihre schmale Taille. Schleuderte sie herum. Und warf sie rücklings aufs Bett.

Mit einem verblüfften Aufschrei rappelte sie sich fix wieder auf und hielt schützend beide Hände vor sich.

Aber ich ging wieder auf sie los. Und ehe ich merkte, was ich tat, raufte ich mit ihr.

Janine stolperte über meinen geöffneten Koffer. Ich versetzte ihr einen kräftigen Schubs und stieß sie zu Boden. Dann warf ich mich auf sie und brüllte: »Warum bist du nur so ekelhaft zu mir? *Warum?*«

»Aufhören! Hört sofort damit auf!«

Tante Janets spitze Schreie von der Tür ließen uns beide erstarren.

»Was um alles in der Welt ist hier los –!«, rief meine Tante und presste erschrocken die Hände an die Wangen.

Ich stand auf, keuchend, mein Herz hämmerte in meiner Brust. Mein Haar war schweißnass. Ich blies mir eine Haarsträhne aus dem Auge.

Janine blieb am Boden liegen. Langsam setzte sie sich auf und strich ihr T-Shirt glatt. »Wir … wir haben bloß rumgealbert«, presste sie hervor.

»Rumgealbert?«, rief Tante Janet erstaunt.

»Ja. Wirklich, Mom«, sagte Janine.

»Wir haben uns nicht richtig geschlagen«, griff ich Janines Lüge auf. »Nur ein bisschen gerauft. Weißt du, ich war etwas sauer. Und ich denke … na ja …«

Tante Janet stemmte die Hände in die Hüften und musterte uns argwöhnisch. »Worüber warst du verärgert, Selena?«, fragte sie mich.

Ich sah zu Janine hin. »Also … Janine hat mir heute Morgen einen ziemlich fiesen Streich gespielt. Es war nämlich Spirit Day an der Schule, weißt du. Und Janine sagte zu mir, ich solle das hier anziehen.« Ich deutete auf die grüne Weste, die nach unserem Ringkampf verdreht an mir herunterhing, und auf mein gelbes T-Shirt und die grüne Kordhose.

Tante Janet starrte auf meine Klamotten. Dann brach sie in Gelächter aus. »Janine hat dir gesagt, du sollst Grün und Gold tragen?«

Ich nickte.

Meine Tante schüttelte den Kopf. »Janine und ihr kranker Sinn für Humor«, sagte sie glucksend. »Ich weiß nicht, von wem sie den hat. Das muss von Onkel Wills Seite der Familie stammen. In meiner Familie waren alle immer total ernst. Ja, sogar regelrecht *grimmig.*«

Sie drehte sich um. Im Gehen rief sie uns zu: »Und jetzt macht ihr hier klar Schiff, Mädels, okay? Besser, ihr haltet in dem Zimmer Ordnung. Es ist kaum groß genug für eine Person, geschweige denn für zwei zwölfjährige Gören.«

»Ich bin keine Göre«, sagte Janine und rappelte sich endlich auf. Sie sah mich finster an. »Du kannst dich bei mir bedanken, dass ich dich nicht bei Mom angeschwärzt habe.«

Ich schüttelte den Kopf. »Den Teufel werde ich tun«, entgegnete ich zornig. Dann hob ich Moms Brief vom Boden auf.

Unten läutete es an der Tür. »Das ist sicher, Stan«, sagte Janine. »Ich gehe mal für ein Weilchen zu ihm rüber.«

Sie schnappte sich ihren Mantel und eilte zur Tür.

Ich wartete, bis ich die Haustür ins Schloss fallen hörte. Dann ging ich zu dem Telefon, das auf Janines Schreibtisch lag.

Ich werde Mom anrufen, beschloss ich.

Ich muss herausfinden, was es mit dem Brief auf sich hat.

Warum sagte Mom, dass ich inzwischen die Wahrheit wüsste? Warum bat sie mich, ihr zu verzeihen? Und warum schrieb sie so, als würde ich sie niemals wieder sehen?

Ich setzte mich auf Janines Schreibtischstuhl, legte den Brief vor mich hin, nahm das Telefon und begann, meine Nummer daheim einzutippen.

GRUSELFIEBER 11

Es klingelte einmal. Zweimal. Drei … vier …

Zwölfmal ließ ich das Telefon läuten, ehe ich auflegte.

Ich schaute auf den Wecker auf Janines Nachttisch. Mom ist sicher ausgegangen, versuchte ich mich zu beruhigen.

Aber merkwürdig ist das schon. Tagsüber schaltet sie doch sonst immer den Anrufbeantworter ein. Na ja, wahrscheinlich hatte sie es nur vergessen.

Ich schaltete das Telefon aus und legte es hin. In meiner Brust machte sich ein beklemmendes Gefühl breit. Meine Kehle fühlte sich plötzlich ganz trocken an.

Ich glättete Moms Brief und las ihn von neuem. Meine Augen wanderten über das Papier, fingen hier und da einen Satz auf.

»Bald wirst du die Wahrheit erfahren.«

Die Wahrheit? Worüber?

»Am schlimmsten aber ist die Gewissheit, dass nichts mehr so sein wird, wie es war.«

Warum sagt sie so was? Was ändert sich denn?

»Vergiss mich nicht.«

An dieser Zeile blieb ich hängen. Die Worte wiederholten sich in meinem Kopf wie ein endloser Sprechgesang.

Schließlich faltete ich den Brief zusammen und steckte ihn in meine Schublade. Ich wollte ihn nicht mehr lesen.

Ich wollte ihn erst wieder lesen, nachdem ich mit Mom gesprochen hatte und begriff, was sie meinte.

»He –!«, entfuhr es mir, als mir plötzlich eine Idee kam.

Beth!

Beth müsste eigentlich von der Schule daheim sein. Sie wird mich aufmuntern.

Ich werde ihr von Janine erzählen und wie übel sie sich mir gegenüber verhalten hatte. Und vielleicht hatte ja Beth eine Ahnung, worüber Mom in ihrem Brief geschrieben hatte.

Ich fühlte mich bereits etwas besser, als ich Beth' Nummer wählte. Beth fehlte mir, sie fehlte mir wirklich. Hier hatte ich niemanden, mit dem ich reden konnte.

Das Telefon klingelte dreimal. Dann hörte ich Beth' vertraute Stimme. »Hallo?«

»Hi, Beth. Ich bin's!«, rief ich aufgeregt.

Zu meiner Verwunderung blieb es am anderen Ende lange still.

»Beth – ich bin's«, wiederholte ich. »Selena. Ich bin in Chicago.«

»Oh. Hallo«, sagte sie endlich. Sie klang sehr erstaunt.

»Wie geht's dir?«, fragte ich. »Ich bin ja so froh, mit dir zu reden. Was läuft denn so?«

Wieder folgte eine lange Pause. Dann sagte sie sehr leise: »Ich … ich hätte nicht gedacht, dass du anrufst.«

»Wie bitte? Was soll das heißen?«, fragte ich. »Ich wollte nur mit dir reden. Ich hab dich seit Freitag nicht mehr gesehen.«

»Ich weiß«, erwiderte Beth beinahe flüsternd.

»Hier ist alles so seltsam«, sagte ich. »Janine hat sich kein bisschen verändert. Sie ist nach wie vor ein Ekel, Beth. Und heute hat sie mir einen total fiesen Streich gespielt. Sie –«

»I-ich kann nicht mit dir sprechen«, unterbrach mich Beth.

»Was ist? Passt es dir gerade nicht? Ich kann dich auch später zurückrufen, wenn du möchtest.«

»Nein!«, sagte sie in scharfem Ton. Dann folgte wieder eine lange Pause.

Ich konnte sie atmen hören, in schnellen, flachen Zügen.

Mir wurde auf einmal ganz flau im Magen. »Was ist denn los, Beth?«, fragte ich.

»Ich kann wirklich nicht mit dir sprechen, Selena«, antwortete sie. »Tut mir ehrlich Leid.«

Ihre Stimme versagte. Sie hörte sich so an, als würde sie gleich losweinen.

»Ich verstehe gar nichts!«, rief ich. »Wovon redest du?«

Ich konnte hören, wie Beth tief Luft holte. »Sie haben mir gesagt, ich dürfte nicht mit dir sprechen«, sagte sie. »Und wir seien beide in Gefahr.«

»*Wer* hat dir das gesagt?«, schrie ich. »Wer? Was wird hier gespielt, Beth? Warum darfst du nicht mit mir reden? Antworte mir!«

»Bitte«, wisperte sie. »Bitte ruf nicht mehr hier an.«

Im Hörer machte es klick, dann war die Leitung tot.

GRUSELFIEBER 12

Ich saß an Janines Schreibtisch und starrte auf das Telefon. Ich weiß nicht, wie lange ich da saß.

Beth' angespannte, zitternde Stimme klang mir in den Ohren. *»Bitte ruf nicht mehr hier an.«*

Wie konnte Beth das sagen? Sie ist doch meine beste Freundin!

Ich holte den Brief und ging zitternd in die Küche hinunter. »Tante Janet – kann ich dir etwas zeigen?«, fragte ich.

Sie stand am Herd und gab gerade eine große Portion Spagetti in einen Topf mit kochendem Wasser. »Ich versuche mich an einer neuen, würzigen Tomatensoße«, sagte sie. »Hoffentlich magst du pikantes Essen, Liebes.«

»I-ich möchte dir diesen Brief von Mom zeigen«, sagte ich.

Sie trocknete sich die Hände ab und nahm den Brief. Stirnrunzelnd las sie ihn und bewegte dabei wortlos die Lippen. Schließlich gab sie mir den Brief zurück.

»Was bedeutet das?«, fragte ich mit hoher, schriller Stimme.

»Deine Mutter muss sehr aufgebracht gewesen sein, als sie dies schrieb. Aber ich habe keine Ahnung, warum.« Tante Janet legte mir eine Hand auf die Schulter. »Meine Schwester war schon immer ein launisches Wesen. Vielleicht hatte sie bloß einen ihrer schlechten Tage. Mach dir deswegen keinen Kopf, Selena. Wenn ich das nächste Mal mit ihr rede, werde ich schon rauskriegen, was sie gemeint hat. Versprochen.«

Nach dem Abendessen fuhren meine Tante und mein Onkel ins Einkaufszentrum, um ein paar Einkäufe zu machen. Janine hockte unten im Wohnzimmer und guckte sich eine Show über Supermodels auf MTV an.

Ich saß an Janines Schreibtisch in unserem Schlafzimmer. Ich stellte mir Janine als Model vor, wie sie in einem kurzen Röckchen über den Laufsteg flanierte, so groß und schlank … mit wehendem Haar, ihre langen Beine schimmernd im grellen Scheinwerferlicht.

Dann drehte ich mich zum Telefon. Mir ging Moms Brief einfach nicht aus dem Kopf. Ich hatte einen Kloß im Hals. Beim Essen hatte ich die Spagetti kaum angerührt.

»Los, Mom«, sagte ich laut. »Sei da, okay?«

Ich tippte die Nummer ein und drückte den Hörer ans Ohr.

Es klingelte zweimal, dann hörte ich drei sehr laute, schrille Piepser. Und danach meldete sich eine mechanische Ansage. Eine Frauenstimme sprach sehr langsam und deutlich:

»Kein Anschluss unter dieser Nummer.«

Ich drückte die rote Taste, um den Anruf zu beenden. Meine Hände waren plötzlich eiskalt.

Kein Anschluss? Das ist unmöglich.

Ich muss mich verwählt haben, schoss es mir durch den Kopf.

Ich wählte neu, diesmal langsam und konzentriert.

Wieder hörte ich drei schrille Piepstöne. Und die gleiche Ansage.

»Kein Anschluss unter dieser Nummer.«

Ich legte auf und drückte das Telefon fest in meiner kalten, feuchten Hand. »Das muss ein Irrtum sein«, sagte ich mir.

Da kam mir eine Idee: Tante Rose. Die Schwester meines Vaters. Meine Tante war verreist, aber sie telefonierte täglich mit meiner Mom.

Ich werde bei ihr anrufen und eine Nachricht auf ihren Anrufbeantworter sprechen, beschloss ich. Den hört sie regelmäßig ab. Ich werde Tante Rose bitten, mich hier anzurufen und mir zu sagen, was mit Mom los ist.

Von unten drang Musik aus dem Fernseher nach oben. Ich hörte Janine über irgendetwas lachen.

Ich hielt mir das Telefon vors Gesicht und tippte Tante Roses Nummer ein. Ich räusperte mich und übte noch mal meinen Text.

Das Telefon läutete einmal. Zweimal.

Dann bohrten sich drei schrille Piepstöne in mein Ohr. Und dieselbe mechanische Frauenstimme verkündete ebenso langsam und deutlich:

»Kein Anschluss unter dieser Nummer.«

GRUSELFIEBER

13

Vielleicht ist ja das Telefon kaputt, dachte ich. Das war relativ unwahrscheinlich, aber mir fiel keine andere Erklärung ein.

Wen könnte ich sonst noch anrufen?, überlegte ich fieberhaft.

Ich schaute auf die Uhr. Kurz nach sieben. Mom war vermutlich schon bei der Arbeit oder auf dem Weg dorthin. Ich werde sie bei der Telefongesellschaft anrufen.

Ich musste Moms Nummer aus meinem Geldbeutel herauskramen. Auswendig wusste ich sie nicht, denn ich rufe sie nie in der Arbeit an.

Ich wählte die Nummer. Das Telefon läutete. Dann startete eine Ansage von Band. Ich stöhnte, als die Frauenstimme endlos Anweisungen plapperte … »*Wüschen Sie eine zusätzliche Dienstleistung oder eine Aufwertung Ihres jetzigen Telefonservices, drücken Sie bitte die Drei … Falls Sie wegen einer Reparatur anrufen, drücken Sie die Vier …*«

So ging das noch eine ganze Weile. Dann sagte mir die Stimme, ich solle in der Leitung bleiben, um direkt mit einem Kundenberater verbunden zu werden. Anschließend musste ich fast zehn Minuten Klaviergeklimper über mich ergehen lassen.

Schließlich nahm eine Frau – eine echte, lebendige Frau – ab und fragte, ob sie mir behilflich sein könne.

»I-ich möchte gern mit meiner Mutter sprechen«, stammelte ich. »Sie arbeitet hier bei Ihnen. Als Bürovorsteherin.«

»Ich stelle dich durch«, sagte die Frau.

Es klickte mehrmals. Eine kurze Stille und dann folgten noch mal fünf Minuten Klaviermusik. »Ich werd noch *verrückt*!«, rief ich laut.

»Kann ich Ihnen helfen?«, fragte ein Mann am anderen Ende der Leitung.

»Ich versuche, meine Mutter zu erreichen«, antwortete ich gereizt. »Alice Miles. Ist sie schon da?«

Stille. Dann: »Könntest du den Namen bitte wiederholen?«

»Ja. Alice Miles«, sagte ich und buchstabierte ihm den Nachnamen. »Sie arbeitet bei Ihnen als Bürovorsteherin«, fügte ich hinzu.

Es folgte eine längere Pause. Ich konnte hören, wie er etwas in eine Tastatur hämmerte. »Tut mir Leid«, sagte er. »Eine Alice Miles kann ich nicht finden.«

»Wie? Aber – sie arbeitet seit über zehn Jahren bei Ihnen!«, schrie ich. »Das ist doch CitySouth Bell, oder? Hauptverwaltung?«

»Jawohl«, erwiderte er.

»Dann muss sie da sein! Alice Miles!«

Wieder eine lange Pause. Weiteres Tastenklickern. »Ich bedauere, Miss«, sagte er schließlich. »Aber hier arbeitet keine Person mit diesem Namen.«

14

Ich fühlte mich wie betäubt. Als hätte mir jemand mit einem Hammer auf den Kopf geschlagen.

Ich umklammerte die Tischkante und rang nach Luft.

Der Mann irrt sich, redete ich mir ein. Er hat nur falsch geguckt.

Natürlich arbeitet Mom bei der Telefongesellschaft.

Ich beschloss, einen zweiten Versuch zu starten. Ich nahm das Telefon – aber da klingelte es plötzlich. Ich war so verblüfft, dass es mir aus der Hand fiel.

Hektisch griff ich danach und drückte auf die grüne Taste. Hoffentlich war das Mom! Doch es war nur Caitlin, eine Freundin von Janine.

Ich rief zu Janine runter, dass sie unten abheben solle. Ich werde es noch mal probieren, sobald sie auflegt, beschloss ich.

Ich wartete. Und wartete. Ich konnte Janine mit ihrer Freundin quasseln hören. Die legt *nie mehr* auf, dachte ich grimmig.

Mit einem Seufzer schlug ich mein Mathebuch auf. Fast hätte ich vergessen, dass wir am nächsten Tag eine Mathearbeit schrieben.

Vielleicht würde mir das Lernen helfen, für eine Weile nicht darüber nachzudenken, wie ich Mom erreichen konnte. Ich versuchte, mich auf die Rechenaufgaben zu konzentrieren. Aber leicht war das nicht.

Später brauchte ich Stunden, um einzuschlafen. Die Bettdecke bis zum Kinn hochgezogen, lag ich da und starrte an die Zimmerdecke. Dachte an Mom. Und Beth. Und lauschte auf Janines gleichmäßigen, flachen Atem im Bett gegenüber.

Ich weiß nicht, wann ich endlich einnickte. Aber dann wurde ich von einem Rascheln im Zimmer geweckt.

Ich blinzelte verschlafen erst mit einem Auge, dann mit dem anderen. Halb wach schielte ich durch die Dunkelheit zu Janines Bett hinüber. Leer. Die Decke war zurückgeschlagen. Das Kissen hing schräg über der Seite.

Einen Moment lang dachte ich, ich träumte das nur.

Aber dann sah ich, wie sich bei der Kommode eine Gestalt bewegte. Ich war noch im Halbschlaf. Meine Augen wollten zufallen.

Ich zwang sie auf und versuchte, mich zu konzentrieren.

Janine! Jetzt erkannte ich, dass sie es war, die dort drüben im Dunkeln stand. Ich blinzelte angestrengt und konnte sehen, wie sie sich ein Sweatshirt über den Kopf streifte.

Sie war dabei, sich anzuziehen. Lautlos. Ohne Licht anzumachen.

Ich schaute zum Wecker auf dem Nachttisch. Erst kurz nach zwei Uhr morgens.

Sie hatte gelogen, als sie sagte, sie hätte sich ein Glas Wasser geholt. Und jetzt schleicht sie sich wieder raus. Warum? Wohin sollte sie wohl um zwei in der Frühe gehen?

Ein Zweig klatschte gegen die Fensterscheibe. Ich konnte den Wind ums Haus heulen hören.

»Janine?«, wollte ich rufen. Aber meine Stimme war vom Schlaf ganz kratzig.

Ich sah, wie sie sich bückte, um ihre Stiefel anzuziehen.

Dann umfing mich Finsternis, schwer und lautlos.

GRUSELFIEBER

15

Ich bin wohl wieder eingeschlafen.

Und hatte mehrere sonderbare Träume. Bunte, laute Träume. Ich erinnere mich, dass ich von jemandem gejagt wurde. Und dass ich fiel, viele Kilometer in die Tiefe fiel.

Das laute Summen des Weckers riss mich aus dem Schlaf. Ich setzte mich auf, die Augen weit offen. Ich schüttelte den Kopf und vertrieb die Erinnerung an die Träume. Dann drehte ich mich zu Janines Bett um.

Noch immer leer.

Hatte sie sich tatsächlich mitten in der Nacht angezogen und war aus dem Haus geschlichen? Oder war das auch ein Traum gewesen?

Es musste ein Traum sein – oder?

Ich schlüpfte in eine saubere Röhrenjeans und ein riesiges Sweatshirt. Danach kämmte ich mir das Haar, zog meine Schuhe an und eilte die Treppe nach unten.

Aus der Küche duftete es nach frisch gebrühtem Kaffee. Und ich hörte, wie sich meine Tante und mein Onkel unterhielten. »Dieser Einbruch war nur zwei Blocks von hier«, sagte Onkel Will.

»Nicht zu fassen. Und war das derselbe Verrückte?«, fragte Tante Janet.

»Ja. Ein Nachbar hat ihn gesehen. Der Kerl trägt einen blauen Umhang und eine Maske. Wie an Halloween oder so«, erwiderte Onkel Will. »Und er hinterlässt ein Kärtchen. Mit einem blauen Wiesel darauf.«

Tante Janet lachte. »Einem blauen Wiesel? Bei dem Kerl ist eine Schraube locker!«

»Das ist nicht komisch«, murmelte mein Onkel. »Er ist echt gefährlich.«

Ich betrat die Küche. Onkel Will saß mit der Zeitung und einem Pott Kaffee am Tisch. Tante Janet stand am Spülbecken und nippte an ihrem Kaffee.

Gegenüber von ihrem Vater saß Janine, eine Schüssel Cornflakes vor sich. »Guten Morgen«, begrüßten mich alle drei im Chor.

»Morgen«, nuschelte ich.

Meine Tante goss mir ein Glas Orangensaft ein. Als ich mich hinsetzte, sprang Onkel Will auf. »Ich bin spät dran«, rief er und leerte seinen Kaffeebecher. Dann winkte er uns kurz zu und stürmte los.

Tante Janet eilte in den Flur mit einem Stapel Briefe, die er einwerfen sollte.

Janine und ich waren allein in der Küche. Sie löffelte mit einer Hand ihre Cornflakes, die andere spielte mit einer Strähne ihres blonden Haars.

Ich beugte mich über den Tisch und flüsterte: »Wo warst du letzte Nacht?«

Sie ließ den Löffel sinken und starrte mich an. »Wie bitte? Wovon redest du?«

»Mitten in der Nacht«, flüsterte ich, »bist du da aufgestanden?«

»Natürlich nicht«, erwiderte sie ungehalten. »Fängst du schon wieder damit an?«

»Ich … ich dachte, ich hätte dich beim Anziehen im Dunkeln gesehen«, sagte ich.

Sie kicherte. »Du träumst wohl ziemlich lebhaft?«

Ich nippte an meinem Orangensaft. »Entschuldigung«, murmelte ich. »Letzte Nacht hab ich viel verrücktes Zeug geträumt.«

»Sieh den Tatsachen ins Gesicht. Du *bist* verrückt«, sagte Janine. Dann hob sie ihre Schüssel an die Lippen und schlürfte die Milch aus.

Einige Stunden später teilte Miss Collins die Mathearbeiten aus.

Ich schrieb meinen Namen oben auf das Blatt. Dann wagte ich einen Blick auf die Rechenaufgaben. »Puuh«, murmelte ich.

Was *war* das für ein Stoff? Nichts davon erschien mir vertraut.

Ich hob die Hand. »Miss Collins? Sind Sie sicher, dass dies der richtige Test ist?«, fragte ich.

Im Klassenzimmer wurde es unruhig. Einige Schüler kicherten.

Miss Collins trommelte mit den Fingern auf das Pult. »Ja, das ist er«, antwortete sie. »Hast du ein Problem damit?«

»Ä-hm … geht die Arbeit nicht über Kapitel 17 bis 20?«

Miss Collins kniff die Augen zusammen. »Nein, Selena«, sagte sie leise. »Diesen Stoff haben wir noch nicht behandelt. Der heutige Test bezieht sich auf das Kapitel neun.«

Ich seufzte tief. Mir war klar, was hier passiert war. Janine.

Wieder einmal Janine. Sie wusste, dass ich bei der Vorbesprechung nicht dabei gewesen war, und hatte mir absichtlich die falschen Kapitel zum Lernen genannt.

Was soll ich jetzt tun?, überlegte ich. Ich darf nicht zulassen, dass Janine immer wieder so mit mir umspringt.

Warum hasst sie mich so sehr? Dafür *muss* es doch einen Grund geben!

Der Test war ein totaler Reinfall. Nicht eine Aufgabe konnte ich lösen.

Nach dem Unterricht rannte ich auf den Flur hinaus, um Janine zur Rede zu stellen. Ich packte sie an der Schulter und drehte sie zu mir.

»Warum hasst du mich?«, schrie ich. »Sag es mir! Warum hasst du mich so sehr?«

Ich erwartete, dass sie alles abstreiten würde. Ich rechnete mit einem Satz wie »Selena, ich hasse dich doch gar nicht«.

Doch stattdessen funkelten ihre Augen und ihr Mund verzog sich zu einem kalten Grinsen. Und dann sagte sie: »Warum ich dich hasse? Das wirst du sehr bald erfahren.«

16

Janine ging zum Abendessen rüber zu Stan, während Tante Janet und Onkel Will mich zu einer typisch Chicagoer Pizza einluden. Es war ein netter Abend. Über Janines neuesten Streich in Mathe verlor ich kein Wort. Und ich erzählte ihnen auch nichts von Janines rätselhafter Antwort auf meine Frage, obwohl mir nicht mehr aus dem Kopf ging, was meine Kusine gesagt hatte.

Ich wollte meine Probleme mit Janine wirklich allein lösen, ohne meine Tante und meinen Onkel da mit hineinzuziehen.

Ich war oben in unserem Schlafzimmer und ging die *richtigen* Seiten im Mathebuch durch, als Janine nach Hause kam. Es war kurz vor zehn.

Ich versuchte, mich Janine gegenüber ganz normal zu verhalten. Ich war müde und mir war wirklich nicht nach Streiten zumute.

»Hi. Was gibt's Neues bei Stan?«, fragte ich.

Janine zog ein Nachthemd aus der Kommode und begann, sich fürs Bett fertig zu machen. »Nicht viel«, sagte sie. »Er hat einen neuen DVD-Spieler bekommen.«

»Cool«, meinte ich.

»Wir haben ihn angeschlossen und ausprobiert«, sagte Janine. Sie warf die Klamotten, die sie getragen hatte, auf den Boden neben meinem Bett.

»Wo wohnt Stan eigentlich?«, fragte ich.

»Bei den Bahngleisen«, sagte Janine. »In einem winzigen Haus. Stans Zimmer ist ungefähr so groß wie der Schrank hier.«

Ich schüttelte den Kopf. »Das ist ja furchtbar.«

»Seine Mutter kocht total mies«, stöhnte Janine und legte sich ins Bett. »Kaum zu fassen, was sie uns zum Abendessen vorgesetzt hat. Ich glaube, sie hat das Essen mit Hundefutter gestreckt.«

Ich lachte. »Meine Mom ist noch schlimmer«, scherzte ich. »Sie streckt Hundefutter mit Haferflocken!«

Janine sah mich griesgrämig an. »Soll das vielleicht komisch sein?«

Dann knipste sie das Licht aus, obwohl ich noch nicht fürs Bett umgezogen war.

Das war die netteste Unterhaltung, die ich seit meiner Ankunft mit Janine geführt habe, war mein letzter Gedanke, ehe ich in den Schlaf hinüberdämmerte.

Später wurde ich abermals von einem Rascheln wach. Blinzelnd schlug ich die Augen auf und sah, wie Janine aus dem Bett stieg und auf Zehenspitzen durchs Zimmer huschte.

Ich spähte auf die Uhr. Zwei Uhr fünfunddreißig.

Wieder pochte der Zweig gegen unser Fenster. Das bleiche Licht eines großen Halbmonds flutete ins Zimmer.

In dem schummerigen Licht konnte ich sehen, wie sich meine Kusine hastig ein Sweatshirt überstreifte. Darunter trug sie eine Strumpfhose.

Dann war es also doch kein Traum!

Janine steht tatsächlich mitten in der Nacht auf und zieht sich lautlos an.

Aber – was dann?

Was macht sie? Wohin geht sie?

Plötzlich drehte sie sich zu meinem Bett um.

Rasch schloss ich die Augen. Sie sollte nicht wissen, dass ich sie beobachtete.

Einen Moment lang stand sie regungslos da. Sie vergewisserte sich, dass ich nicht aufgewacht war. Dann bückte sie sich und schlüpfte leise in ihre Stiefel.

Diesmal werde ich ihr folgen, beschloss ich.

Ich werde das Geheimnis lüften. Ich werde herausfinden, wohin sie nachts geht.

Janine schlich sich aus dem Zimmer hinaus, auf den dunklen Flur.

Sobald sie außer Sicht war, sprang ich aus dem Bett.

Ich strich meinen Pyjama glatt und ging auf Zehenspitzen durch den Raum zur Zimmertür. »Oh –« Prompt fiel ich über den Haufen Kleidungsstücke, die Janine auf den Boden geworfen hatte.

Ich stolperte ein paar Schritte, fing mich aber wieder.

Dann blieb ich stehen und horchte angespannt. Ob sie mich gehört hatte?

Nein.

Ich schlich auf den Flur, blinzelte und wartete, dass sich meine Augen an das Dämmerlicht gewöhnten.

Nun sah ich, wie Janine langsam, vorsichtig, zum Ende des Flurs ging.

Sie läuft nicht zur Treppe, dachte ich. Will sie denn nicht runtergehen und das Haus verlassen?

Mein Herz raste. Meine nackten Füße waren plötzlich kalt. Die Kälte kroch in mir hoch und ließ mich erschaudern.

Leise ging ich ein paar Schritte näher. Der Dielenboden knarrte unter meinen Füßen. Dann ein lautes *Kraaack*.

Hatte Janine es gehört?

Sie blieb mit dem Rücken zu mir stehen. Einen Moment lang stand sie starr wie eine Statue.

Und dann drehte sie sich hastig um.

Jetzt saß ich in der Falle!

17

Ich keuchte erschrocken, wollte mich in den Schatten verkriechen. Und taumelte rückwärts in eine Türöffnung.

Ich hielt mir den Mund zu, um ja kein weiteres Geräusch zu machen, und wartete ab, während ich angespannt lauschte.

Ob Janine mich sah?

Stille. Eine so bedrückende Stille, dass ich das Hämmern meines Herzens in meiner Brust hören konnte.

Endlich hörte ich Janines leise Schritte sich entfernen.

Ich war gerettet. Sie hatte mich nicht gesehen.

Zitternd streckte ich den Kopf aus der schützenden Türöffnung. Ich spähte gebannt ins Halbdunkel und sah meine Kusine auf die Wand am Ende des Flurs zugehen.

Was zum Kuckuck hat sie nur vor?, dachte ich. Und warum habe ich deswegen ein so ungutes Gefühl?

Janines Hand bewegte sich. Sie langte hoch zu dem Bücherregal an der Wand. Wollte sie sich ein Buch holen? Es war zu dunkel, um etwas erkennen zu können.

Da hörte ich ein leises Summen. Und das Bücherregal glitt zur Seite!

Ich blinzelte mehrmals und versuchte, mich zu konzentrieren. Ich dachte, vielleicht gaukelte mir die Dunkelheit nur etwas vor.

Aber nein.

Das Bücherregal glitt zur Seite. Dahinter konnte ich eine Tür erkennen. Ein verborgener Raum!

Janine sah sich noch einmal um. Dann verschwand sie in das geheime Zimmer.

Es summte wieder, als das Bücherregal an seinen alten Platz zurückglitt.

Ich schlich auf den Flur hinaus. Meine Gedanken wirbelten durcheinander. Was machte sie bloß da drin? Mir lief ein Schauer über den Rücken. Fröstelnd starrte ich auf das Bücherregal.

Plötzlich spürte ich den Drang, auch dorthin zu laufen. Den Schalter zu finden. Den geheimen Durchgang zu öffnen und Janine in das geheime Zimmer zu folgen.

Nein, entschied ich.

Ich möchte mich nicht schon wieder mit meiner Kusine streiten. Sie ist ohnehin fies genug zu mir. Sie *hasst* mich sowieso schon.

Ich werde warten, bis sie mal nicht daheim ist, beschloss ich. Und dann werde ich auf Erkundungstour gehen.

Ich werde das geheime Zimmer untersuchen, wenn Janine nicht in der Nähe ist. Vielleicht kann ich herausfinden, was sie vorhat, ohne sie wütend zu machen. Ohne ihr gegenübertreten zu müssen.

Zitternd warf ich einen letzten Blick auf das Bücherregal. Dann schlich ich auf Zehenspitzen in mein Zimmer zurück und schlüpfte unter die Bettdecke.

Am nächsten Morgen war Janines Bett noch immer leer. Hastig zog ich mich an und eilte nach unten.

Janine saß bereits am Frühstückstisch und fuhr sich mit den Fingern durch das ungekämmte Haar. »Morgen«, brummte sie.

»Morgen«, erwiderte ich. Ich setzte mich Janine gegenüber und musterte sie genau.

Sie hatte dunkle Ringe unter den Augen. Ihr Haar war völlig zerzaust. Und jetzt gähnte sie laut.

»Was hast du denn für ein Problem?«, zischte sie.

Ich hatte sie wohl zu aufdringlich gemustert und senkte deshalb den Blick. »Ach, nichts«, murmelte ich.

Eigentlich wollte ich sie fragen: »Wo warst du letzte Nacht? Was treibst du mitten in der Nacht?« Die Worte lagen mir auf der Zunge.

Stattdessen griff ich nach der Cornflakesschachtel und schüttete die Flocken in meine Schüssel.

Ich hörte eine Frauenstimme und merkte, dass das Küchenradio lief.

»Zum wiederholten Mal gab es einen Wohnungseinbruch in Elmwood«, verkündete die Nachrichtensprecherin. »Zeugen berichteten der Polizei, sie hätten eine maskierte Gestalt in einem blauen Umhang durch das Viertel laufen sehen. Nach Aussagen der Polizei gibt es noch keinerlei Anhaltspunkte zur Identität dieses dreisten Einbrechers, der mitten in der Nacht in Häuser einsteigt …«

18

Ich wollte nicht allein in dieses geheime Zimmer gehen. Ich hatte ja keine Ahnung, was ich da drin finden würde. Jemand sollte mich dabei begleiten.

Deshalb passte ich Stan am folgenden Tag nach der Schule ab. Er holte gerade Bücher aus seinem Schließfach und stopfte sie in seinen Rucksack.

Als er mich kommen sah, knallte er hastig die Tür des Schließfachs zu. »Selena – was gibt's denn?«

Ich ließ meinen Blick über den vollen Flur schweifen. Kinder lachten und plauderten, zogen sich die Jacken an und machten sich fertig für den Heimweg. Am Ende des Gangs entdeckte ich Janine, die sich mit Cindy und ein paar anderen Mädchen unterhielt.

Ich beugte mich zu Stan vor und flüsterte: »Kannst du mir heute Nachmittag zur Hand gehen? Ich bin etwas besorgt wegen Janine. Würdest du mir helfen, ein bisschen zu spionieren?«

Er kratzte sich das dichte braune Haar und kniff die Augen zusammen. »Spionieren? Du meinst Janine ausspionieren?«

»Nicht ganz«, erwiderte ich. »Bei ihr daheim gehen seltsame Dinge vor. Kannst du mich nach Hause begleiten?«

Er zog sich die wollene Skimütze übers Haar. »Geht Janine heute Nachmittag nicht mit Cindy Schlittschuh laufen?«

Ich nickte. »Was ist mit dir? Gehst du da mit?«

»Nö«, antwortete Stan. Er winkte ein paar Jungs über den Flur zu. »Ich muss nach Hause und mit dem Hund Gassi gehen.«

»Meinst du, der Hund könnte noch ein Weilchen warten?«, fragte ich. »Ich weiß, das klingt verrückt. Aber da gibt es ein Zimmer im Haus, das ich mir näher ansehen muss. Und ich hätte wirklich gern jemanden dabei.«

Er kicherte. »Hast du Angst?«

»Ach was«, sagte ich. »Es ist bloß ... na ja ...« Ich zupfte ihn am Ärmel. »Komm schon. Es dauert auch nicht lange. Versprochen.«

Wir traten hinaus in einen kalten grauen Tag. Tief hängende Wolken trieben über den Häusern und Bäumen und kündeten Schnee an. Die Luft war klamm und schwer.

Auf dem Weg zu Janines Haus weihte ich Stan in alles ein. Ich erzählte ihm, wie sich Janine mitten in der Nacht anzog. Und von dem geheimen Raum, in dem sie verschwunden war.

»Das ist absolut mysteriös«, sagte ich.

»Hast du sie danach gefragt?«, wollte Stan wissen.

»Ja, beim ersten Mal«, erwiderte ich. »Sie sagte, sie sei nicht aufgestanden. Ich hätte das nur geträumt. Und sie war echt wütend über meine Frage.«

Stan verzog das Gesicht. Ich konnte sehen, dass er angestrengt nachdachte. »Komisch«, murmelte er. »Das ist ja merkwürdig.«

Wir erreichten das Haus. Ich zog den Haustürschlüssel aus der Tasche, den Tante Janet mir gegeben hatte. Dann gingen wir nach drinnen. Die warme Luft fühlte sich gut an auf meinem eiskalten Gesicht. »Jemand zu Hause?«, rief ich.

Ich wusste, dass meine Tante und mein Onkel noch nicht von der Arbeit zurück waren.

Eilig zog ich Stan zur Treppe. Wir nahmen uns nicht mal die Zeit, unsere Jacken oder Rucksäcke abzulegen.

Ich ging voran, die Treppe hoch, dann den Flur hinunter zum Bücherregal am Ende des Gangs.

»Das Zimmer liegt hinter dem Regal hier verborgen«, flüsterte ich, obwohl niemand zu Hause war. Plötzlich bekam ich Angst. Warum, konnte ich nicht sagen.

Wollte ich tatsächlich wissen, was sich in dem geheimen Zimmer befand?

Stan starrte auf das Bücherregal. »Wow! Du meinst,

das Regal bewegt sich? Obercool! Vielleicht ist dahinter irgendein Geheimgang!«

Ich nahm ein Buch aus dem untersten Fach. Nichts geschah. Ich zog ein weiteres Buch heraus. »Da muss irgendwo ein Schalter sein oder so was«, sagte ich. »Letzte Nacht war es zu dunkel. Ich konnte absolut nicht sehen, was Janine tat.«

Stan trat neben mich. Gemeinsam fingen wir an, die Bücher aus dem Regal zu räumen.

»Hier. Ich glaube, ich hab's gefunden«, rief ich und deutete auf einen kleinen schwarzen Hebel, der hinter einem großen Atlas versteckt war. Ich drückte den Hebel nach unten.

Da war wieder dieses Summen. Und ich sah, wie das Bücherregal nach links glitt.

»Jaaa!«, rief ich und reckte die Faust in die Luft.

Stan bekam große Augen, als hinter dem Regal eine dunkle hölzerne Tür sichtbar wurde. »Wahnsinn. Das ist ja wie in einem Film!« Er drehte sich zu mir um. »Bist du sicher, dass du das tun willst?«

»Nicht ganz«, antwortete ich mit zittriger Stimme. »Aber ich muss. Ich muss wissen, was Janine nachts treibt.«

Ich langte nach der Türklinke. »Kommst du mit rein?«

»Okay«, flüsterte er. »Auf geht's.«

19

Ich zog die Tür auf. Der Raum dahinter lag im Finstern.

Ich machte einen Schritt hinein und strich auf der Suche nach einem Lichtschalter mit der Hand über die Wand.

Stan trat hinter mich, so dicht, dass er mich anrempelte.

»Bingo!« Ich fand den Lichtschalter und drückte darauf. Eine nackte Glühlampe, die von der Decke baumelte, leuchtete auf.

Ich blinzelte in das hellgelbe Licht und sah mich um.

Der Raum war nicht viel größer als ein Schrank. Er war völlig leer, ohne jedes Möbel. Der verschlissene braune Teppich hatte einen langen Riss. Die graue Wandfarbe blätterte ab. Ein Fenster an der Wand gegenüber war mit einem breiten schwarzen Rollo verhüllt. In die Wand daneben war ein kleines Holzregal eingelassen. Darauf schien irgendetwas zu liegen.

Stan nahm seine Skimütze ab und stopfte sie in die Jackentasche. Das braune Haar klebte ihm auf der Stirn.

»Warum sollte Janine *hier* reingehen?«, wunderte er sich. »Das ist doch nur ein leerer Schrank.«

Ich zuckte die Achseln. »Frag mich was Leichteres. Ich bin total verwirrt. Ich dachte, wir würden etwas wirklich Interessantes finden.«

Ich schob mich an Stan vorbei und ging hinüber zu

dem Wandregal. Ein Stapel sauber zusammengefalteter dunkler Stoffe lag darauf.

Nein. Kein Stoff.

Ich zog einen Teil davon herunter und faltete ihn auseinander. Es war ein langer, blauschwarzer Umhang.

Ich hielt ihn vor mich. »Wie findest du das, Stan? Sieht aus wie ein Regencape mit Kapuze.«

»Seltsam«, sagte er, während er den Umhang betrachtete. Dann zog er den Rest des Stapels vom Regal. »Sieh mal.« Er hielt eine schwarze Strumpfhose in die Höhe. Und dann lange schwarze Seidenhandschuhe. Einen ovalen blauen Anhänger an einer Kette. Und schließlich eine Maske. Eine schwarze Maske mit zwei Schlitzen auf der Vorderseite in Form von Katzenaugen.

»Das muss so was wie ein Halloweenkostüm sein«, sagte er.

Ich nahm ihm die Maske aus der Hand und betrachtete sie von allen Seiten. »Warum sollte jemand ein Halloweenkostüm hier in einer Geheimkammer verstecken?«, wunderte ich mich.

Ich schob die Maske in die Kapuze des Umhangs. Und dann kam mir eine neue Idee. »Das sieht doch aus wie ein Superheldenkostüm«, sagte ich. *»Der Maskierte mit dem Cape!«*

Stan hielt noch immer die schwarze Strumpfhose in der Hand. »Genau. Na ja, ich schätze, das ist es, was Superhelden eben so tragen, oder? Strumpfhosen und dazu ein Cape?«

Ich hielt den Umhang ausgestreckt vor mich hin.

»Glaubst du, das gehört Janine? Meinst du, *sie* trägt diesen Kram?«

Stan schüttelte den Kopf. Seine Miene verriet, dass er völlig durcheinander war.

Ich lachte. »Vielleicht führt Janine ein geheimes Doppelleben, von dem keiner weiß. Vielleicht schleicht sie sich nachts hier rein, zieht dieses Kostüm an und *spielt* dann den Maskierten mit dem Cape!«

Wieder schüttelte Stan den Kopf. »Das ist einfach irre«, sagte er.

Und dann änderte sich sein Gesichtsausdruck. Seine Augen weiteten sich vor Schreck und er wurde plötzlich leichenblass. »Selena –«, flüsterte er und starrte auf die Maske in meiner Hand.

»Was? Was ist denn?«, fragte ich.

»Was, wenn – wenn das die Verkleidung eines *Einbrechers* ist?«

Ich keuchte erschrocken. »Wie bitte?«

»Das könnte doch auch ein Einbrecher tragen«, meinte Stan. »Und haben sie nicht in den Nachrichten gebracht –«

»Dass derjenige, der in Elmwood Häuser ausgeraubt hat, eine Maske und einen Umhang trug?«, führte ich seinen Satz fort.

Stan nickte aufgeregt.

»Aber das ist doch Wahnsinn!«, rief ich. »Janine – eine Einbrecherin? Das ist völliger Blödsinn, Stan. Sie ist ein zwölfjähriges Mädchen wie ich. Sie zieht kein Kostüm an und schleicht mitten in der Nacht nach draußen, um in Häuser einzubrechen.«

Ich ging zum Fenster und zog an dem Rollo, bis es nach oben glitt. Graues Licht drang in die Kammer. Das Fenster war einen Spaltbreit offen gelassen worden.

Ich spähte hinaus. Direkt vor dem Fenster befand sich ein hoher Ast. Es wäre ein Kinderspiel, von hier aus auf den Ast zu klettern – und von dort runter zum Boden.

Was fantasierte ich mir da bloß zusammen?

»Du bist echt auf dem Holzweg«, sagte ich zu Stan. »Meine Kusine ist nie im Leben eine Einbrecherin!«

Stan nickte. »Okay. Das war 'ne blöde Idee. Erzähl bloß nie Janine was davon.«

Er faltete die Strumpfhose zusammen. »Ich glaube, wir haben das Geheimnis nicht gelüftet, Selena.«

»Stimmt. Wir haben es sogar noch größer gemacht«, sagte ich. Ich zog das Rollo herunter und begann, den Umhang zusammenzulegen.

»Hallo – ist jemand zu Hause?«, rief plötzlich eine Stimme.

Stan und ich keuchten erschrocken auf.

Das war Janines Stimme! Von unten.

Wir saßen in der Falle!

GRUSELFIEBER

20

Stan und ich hasteten zur Tür. Wir erreichten sie im gleichen Moment und prallten heftig zusammen.

Ich hörte Janines Schritte auf der Treppe.

»Beeil dich – los!« Ich gab Stan einen Schubs. Dann stolperte ich hinter ihm aus der Kammer.

»Selena – bist du zu Hause?«, rief Janine.

»Ja. Ich bin hier oben!«, rief ich zurück.

Ich drehte mich zum Bücherregal und drückte den Hebel nach oben. Würde das Regal zugleiten, ehe Janine uns sah?

Stan rannte den Flur entlang und hielt Janine am Treppenabsatz auf. »Hi – alles klar bei dir?«, fragte er. Er versuchte, normal und ruhig zu klingen, aber seine Stimme zitterte.

Das Regal schloss sich.

Ich seufzte erleichtert und lief zu den beiden hinüber.

»Was machst *du* denn hier?«, wollte Janine von Stan wissen. Ihr blondes Haar war zerzaust und stand rings um ihr Gesicht zu Berge. Ihre Wangen leuchteten rot.

»Er – er wollte dich besuchen«, meldete ich mich zu Wort.

»Stimmt«, bestätigte Stan. »Ich hatte ganz vergessen, dass du ja mit Cindy Schlittschuh laufen bist.«

»Was ist los?«, fragte ich. »Wieso bist du schon so früh zu Hause?«

»Es war zu windig«, sagte Janine. Sie versuchte, ihr Haar mit den Händen zu glätten. »Zu windig und zu kalt. Samstagnachmittag wollen wir's noch mal probieren.«

Sie verschwand mit Stan nach unten. Ich ging ins Schlafzimmer und schaltete den Computer ein.

In der Nacht davor hatte ich eine E-Mail an Mom und Tante Rose geschickt. Ich hatte ihnen mitgeteilt, dass ich sie telefonisch nicht erreichen könne, und sie gebeten, mich so bald wie möglich zurückzurufen. Außerdem hatte ich noch eine E-Mail an Beth geschickt, um sie nach dem Grund für ihr sonderbares Verhalten zu fragen.

Jetzt starrte ich auf den Bildschirm. Alle drei Mails waren zurückgeleitet worden. *Unzustellbar,* meldete der Computer.

»Was geht hier vor?«, rief ich. Schon konnte ich spüren, wie mir die Tränen in die Augen schossen.

Ich nahm das Telefon und wählte die Nummer der Auskunft. Dort erkundigte ich mich nach Moms Nummer. Ich war verzweifelt. Mom konnte doch das Telefon nicht abgeschaltet worden sein! Unmöglich!

Die Dame erklärte, der Eintrag wäre gelöscht worden. Ich ließ sie das dreimal überprüfen.

Gelöscht.

Das pack ich nicht, dachte ich. Ich kann nicht mehr. Das ist doch *verrückt*!

Ich wollte unbedingt mit meiner Tante und meinem Onkel sprechen. Aber sie kamen nicht nach Hause. Janine erzählte mir, Tante Janet habe angerufen und gesagt, sie und Onkel Will würden in der Stadt essen und danach ins Kino gehen.

Janine und ich teilten uns eine Tiefkühlpizza. Während des Essens telefonierte sie mit irgendwelchen Freundinnen. Mit mir redete sie kein Wort. Dann verschwand sie in ihr Zimmer.

Später sah ich mir eine Weile lang eine Sitcom im Fernsehen an, eine Wiederholung von *Sabrina*. Nur um mich abzulenken. Aber ich konnte mich nicht darauf konzentrieren.

Geh hoch und frag Janine nach dem geheimen Raum!, befahl ich mir. Tu es einfach!

Ich holte tief Luft. Den ganzen Tag hatte ich geübt, was ich sagen wollte. Jetzt ging ich den Text noch ein letztes Mal im Kopf durch:

»Janine, ich möchte nicht, dass du mich für eine widerliche Schnüfflerin hältst oder so. Aber ich habe die geheime Kammer entdeckt. Und ich habe das Kostüm da drin gesehen. Es tut mir ehrlich Leid, wenn das ein großes Geheimnis ist. Aber ich muss Bescheid wissen. Was steckt hinter alldem?«

Während ich diese Worte wieder und wieder im Geist durchging, zog ich mich die Treppe rauf. Und trat in unser Zimmer.

»Janine, ich muss mit dir reden«, sagte ich.

21

»Janine?«

Sie war weg.

Ich stand in der Tür und mein Blick wanderte durch das Zimmer. Die Betten waren nicht gemacht. Der Computer war noch eingeschaltet. Ein Stapel von Janines Klamotten versperrte die Schranktür.

Ich ging wieder auf den Flur hinaus. »Janine? Bist du hier oben?«, rief ich.

Keine Antwort.

Sie hatte nicht gesagt, dass sie ausgehen würde. Und ich hatte sie nicht das Haus verlassen hören.

»Janine?«

Ich schlenderte über den Flur zum Bücherregal, legte mein Ohr dagegen und horchte. Aus dem kleinen Kämmerchen drang kein Laut.

Ich eilte die Treppe hinunter. Sah im Wohnzimmer nach. Dann in der Küche.

Auch hier – keine Spur von ihr.

Ich legte die Hände wie einen Trichter um den Mund und rief noch einmal.

Nein. Janine war fortgegangen.

»Seltsam«, murmelte ich. Ich nahm mir eine Cola aus dem Kühlschrank und setzte mich wieder in meinen Sessel vor dem Fernseher. Die Sendung plätscherte so dahin, es wurde viel herumgeschrien und das Publikum lachte laut.

Von alldem bekam ich jedoch kaum etwas mit.

Ich weiß nicht, wie viel Zeit verging. Schließlich dämmerte mir, dass ich aus meiner Trance aufwachen musste. »Vielleicht sollte ich ein Buch lesen.«

Ich schaltete den Fernseher aus und schälte mich aus dem Sessel. Gerade wollte ich die Treppe hochgehen, um mir ein Buch zu holen – als das Telefon klingelte.

Ich flitzte in unser Zimmer nahm den Hörer ab. »Hallo?«

»Selena? Oh, Gott sei Dank!« Janine war am anderen Ende. Aber sie klang so merkwürdig.

»Janine? Was ist denn los?«, fragte ich und drückte den Hörer ans Ohr.

»Ich … ich kann jetzt keine Fragen beantworten«, erwiderte sie. »Ich bin verzweifelt. Du musst mir unbedingt zuhören!«

»Ist ja gut, okay«, murmelte ich. Mein Herz begann, heftig zu pochen. »Schieß los.«

»Ich hab nur eine Sekunde, Selena«, flüsterte sie. »Sie … sie kommen zurück.«

»Wer?«, rief ich. »Janine – hast du Probleme?«

»Keine Zeit für Erklärungen.« Sie flüsterte so leise, dass ich sie kaum verstand. »Ich stecke in grauenvollen Schwierigkeiten. Man hält mich gefangen.«

»*Was?*«, kreischte ich.

»Du musst dich beeilen«, flüsterte Janine. »Du bist die Einzige, die mir helfen kann. *Hör mir zu!*«

Meine Kehle fühlte sich mit einem Mal so trocken an, dass ich nicht schlucken konnte. »Ist gut«, krächzte ich. »Ich höre.«

»Im ersten Stock befindet sich ein geheimer Raum«, sagte Janine. »Am Ende des Flurs. Der Zugang liegt hinter dem Bücherregal versteckt.«

Ich glaub's nicht!, dachte ich. Sie erzählt mir von dem geheimen Zimmer.

Aber warum?

»Hinter dem großen Atlas befindet sich ein Hebel«, fuhr sie atemlos fort. »Nimm das Buch heraus und du siehst ihn.«

»Gut«, sagte ich. »Was dann?«

»Das Regal wird zur Seite fahren. Geh in den Raum. Kannst du mich hören?«

»Ja. Aber nur ganz schwach«, erwiderte ich.

»Ich muss flüstern«, sagte sie. »Sie dürfen mich nicht hören. Sie sind so gefährlich. I-ich weiß nicht, was sie mit mir vorhaben.«

»Wer denn?«, rief ich. »Wer sind *sie*?«

»Hör zu. Geh in den Raum«, fuhr Janine fort. »Dort siehst du ein Kostüm auf einem Regal liegen. Zieh es an.«

»Was?«, rief ich.

»Bitte – stell keine Fragen. Sie kommen jeden Moment zurück«, flüsterte Janine. »Zieh das Kostüm an. Die Maske und alles, was dazugehört. Zieh es an und komm so schnell wie möglich hierher.«

Sie flüsterte mir eine Adresse ins Ohr.

Meine Gedanken fuhren Karussell. Ich fühlte mich schwindlig und mir war übel.

»Aber wie kann ich helfen?«, fragte ich. »Wie kann ich dich retten?«

»Geh einfach ins Haus, Selena. Wenn sie dich in diesem Kostüm sehen, fliehen sie. Vertrau mir. Du schaffst das. Und jetzt mach fix!«

Janine keuchte. »Oje, sie kommen zurück. *Beeil dich!* Ich hab solche Angst!«

22

Eine ganze Weile lang stand ich da, den Telefonhörer ans Ohr gedrückt, und starrte auf die Wand. Dann legte ich das Telefon auf den Tisch.

Darauf falle ich nicht herein, dachte ich entschlossen.

Auf jeden von Janines Streichen bin ich hereingefallen. Aber diesmal nicht.

Ich weiß, was sie vorhat. Sie möchte, dass ich das Kostüm anziehe und zu einer von ihren Freundinnen rübergehe. Und wenn ich dann hereingeplatzt komme, lachen sie alle tierisch über den Trottel in dem blöden Kostüm.

Also … nein, Janine. Nichts zu machen. Für wie dumm hältst du mich?

Ich blickte auf das Telefon hinunter. Wieder hörte ich Janines Flüsterstimme in meinem Ohr. So angstvoll. So verzweifelt.

Mich fröstelte. War Janine so eine gute Schauspielerin?

Sie hatte sich wirklich ängstlich angehört.

Was, wenn dies echt war? Wenn dies kein Streich war?

Janine hatte sich mitten in der Nacht aus dem Haus geschlichen. Was, wenn sie sich in irgendwelche größeren Schwierigkeiten gebracht hatte?

»Vielleicht hat Janine ja mal die Wahrheit gesagt«, murmelte ich halblaut.

Ja. Es bestand doch die Möglichkeit, dass sie tatsächlich gefangen gehalten wurde. Und dass sie auf mich zählte, um sie zu befreien. Vielleicht war ich wirklich ihre letzte Hoffnung.

Ich muss ihre Anweisungen befolgen, entschied ich. Ich darf nicht zulassen, dass Janine etwas Furchtbares zustößt, nur weil ich ihr nicht glauben mochte.

Meine Beine fühlten sich an wie aus Gummi. Aber ich zwang mich über den Flur zum Bücherregal. Dort nahm ich den großen Atlas heraus. Er fiel mir aus den zitternden Händen und knallte auf den Boden.

Ich machte mir nicht die Mühe, ihn aufzuheben. Ich drückte den Hebel. Hörte, wie das Summen einsetzte – und sah zu, wie das Regal beiseite glitt.

Ich wartete nicht ab, bis es ganz zur Seite gefahren war, sondern zog gleich die versteckte Tür auf und stürzte in den winzigen Raum.

Meine Hand tastete nach dem Lichtschalter. Ich fand ihn und knipste das Licht an.

»Beeil dich, Selena. Schnell«, trieb ich mich an.

Ich schnappte mir das Kostüm vom Regal. Die schwarze Strumpfhose fiel auf den Boden. Ich hob sie auf und zog sie an.

Nein. Oh nein. Die wird mir nicht passen, dachte ich. Sie gehört Janine – und die ist fünfzehn Zentimeter größer als ich und gertenschlank.

Ich zog die Strumpfhose hoch. Die Beine waren verdreht und ich musste sie beim Hochziehen glatt streichen. Zu meinem Erstaunen passte sie wie angegossen.

Ich griff mir das Cape und schlüpfte hinein. Meine Hände zitterten so sehr, dass es mir erst beim vierten Versuch gelang, die Bändel um den Hals zu verknoten.

Schnell. Schnell.

Der ovale Anhänger war schwerer, als ich angenommen hatte. Ich streifte mir die Kette über den Kopf und korrigierte den Sitz des Amuletts.

Die schwarze Seidenmaske glitt mir aus den Händen. Ich hob sie auf und drehte sie, bis ich die Vorderseite fand.

Die Gucklöcher waren so eng geschnitten und wie Katzenaugen geformt. Ob ich damit was sehen würde?

Ich zog mir die Maske übers Gesicht und zerrte sie über mein widerspenstiges Haar. Dann drehte ich die Maske so lange, bis die Sehschlitze genau vor meinen Augen waren.

Die langen schwarzen Handschuhe lagen noch im Regal. Ich nahm sie und schlüpfte in den ersten.

Wahrscheinlich sind sie mir viel zu klein, dachte ich. Janine hat so zierliche, schlanke Hände.

Doch zu meiner Überraschung passten auch die Handschuhe tadellos.

Fertig. Das Kostüm war vollständig.

In dem winzigen Raum gab es keinen Spiegel. Deshalb konnte ich nicht überprüfen, wie ich aussah. Aber das spielte keine Rolle. In meinen Ohren klangen wieder Janines geflüsterte Worte.

»Geh einfach ins Haus, Selena. Wenn sie dich in diesem Kostüm sehen, fliehen sie.«

Ich warf den langen Umhang nach hinten und stürzte aus dem geheimen Zimmer. Dann drückte ich den Hebel und ließ das Bücherregal an seinen normalen Platz zurückfahren.

Ich rannte über den Flur, dann die Treppe runter. Im Wohnzimmer lief noch immer der Fernseher. Ich zog die Haustür auf und stürmte ins Freie.

Es war eine finstere, mondlose Nacht. Die kalte Luft schlug mir ins Gesicht, während ich zur Straße lief. Die Bäume schwankten in dem kräftigen Wind. Ein paar Türen weiter hörte ich ein Baby weinen. Im Haus auf der anderen Straßenseite gingen die Lichter aus.

Welkes Laub raschelte unter meinen schweren Stiefeln. Ich drückte mich an den Hecken entlang, hielt mich im Schatten, blieb weg von der Straße. Ich wollte nicht, dass mich irgendjemand in diesem seltsamen Kostüm sah.

Was sollten die Leute denken?

Ich atmete laut keuchend, während ich rannte. Und ich versuchte, meine Panik niederzukämpfen. Doch noch nie in meinem ganzen Leben hatte ich solche Angst gehabt.

Wer hielt Janine gefangen? Und wieso glaubte Janine, dieses Kostüm würde die Täter verjagen?

Tausend Fragen spukten mir durch den Kopf – und

sie waren alle Furcht erregend. Ich wusste, ich würde auf keine von ihnen eine Antwort bekommen, ehe Janine nicht gerettet war.

Gerettet …

Gerettet …

Und was, wenn ich nicht rechtzeitig kam?

Die Adresse, die Janine mir zugeflüstert hatte, lag ein paar Blocks vom Schlittschuhweiher entfernt.

Ich erreichte das Haus und blieb auf dem Gehweg stehen. Mit beiden Händen umschlang ich den Briefkasten. Hielt mich daran fest, als wäre er ein Rettungsring.

An den Briefkasten gelehnt, rang ich nach Luft. Bemühte mich, meinen rasenden Puls zu beruhigen. Und wartete, dass das Pochen in meinen Beinen aufhörte.

Schließlich ließ ich los und blickte über den kleinen Vorgarten zu dem Haus. Es war ein niedriges Haus im Farmerstil. Alles war dunkel. Nirgendwo brannte ein Licht.

In der Auffahrt stand kein Auto. Nichts deutete darauf hin, dass jemand daheim war.

Ob dies das richtige Haus war? Ich versuchte, die Adresse auf dem Briefkasten zu entziffern.

Ja.

Dann stapfte ich los, quer über den Rasen. Mein langer Umhang flatterte hinter mir im Wind. Er wickelte sich um meine Beine und ich musste ihn loszerren.

Unter der Maske wurde mein Gesicht schweißnass. Der Stoff klebte mir auf der Stirn und meine Wangen begannen zu jucken.

Ich atmete in tiefen Zügen. Zwang meine Beine, sich zu bewegen. Endlich stand ich vor der Eingangstür.

Drinnen war alles still. Der Wind flüsterte hinter mir. Die Bäume knarrten und ächzten.

Meine Hand bewegte sich nach oben, um die Klingel zu drücken. Aber im letzten Moment besann ich mich anders.

Ich griff nach dem Türknauf. In dem Handschuh war meine Hand feucht und kälter als Metall.

Ob die Tür abgeschlossen war? Ich drehte den Knauf. Und drückte.

Lautlos glitt die Tür auf.

Ich starrte ins Dunkel. Es war stockfinster.

Noch immer kein Geräusch.

Ich hielt den Atem an. Zwang ein Bein vorwärts. Dann das andere.

Ich betrat das dunkle Haus. Drinnen war es warm.

Ich wartete darauf, dass sich meine Augen an die Dunkelheit gewöhnten. Aber ich konnte gar nichts sehen.

Ich zog den Umhang fester um mich und machte einen zittrigen Schritt. Noch einen.

Und noch einen.

Ich war in einem dunklen Flur. Schwer dröhnten meine Stiefel über den hölzernen Fußboden. Das einzige andere Geräusch war das flache Keuchen meines Atems.

Ich betrat einen Raum, in dem es noch finsterer und wärmer war. Ich spähte in die rabenschwarze Dunkelheit.

Janine, wo bist du?, fragte ich lautlos. *Bist du hier? Ist hier überhaupt jemand?*

Ein schrecklicher Gedanke ließ mich erschaudern: Was, wenn ich zu spät kam?

Ich stieß gegen etwas Hartes. Ein Tisch?

Dann hörte ich ein klapperndes Geräusch. Schlurfende Schritte.

Das Deckenlicht ging an.

»Oh –!«, schrie ich, als jemand auf mich zuschoss.

Eine Gestalt in einem leuchtend roten Kostüm. Mit einer roten Maske über dem Gesicht. Einem roten Umhang und einer engen roten Strumpfhose.

Ich taumelte zurück. »Wer – wer bist du?«, rief ich.

»Shadow Girl, erkennst du mich nicht?«, höhnte sie. »Ich bin Red Raven. Deine Erzfeindin!«

GRUSELFIEBER 23

Ich drückte mich gegen die Wand. Starrte voller Entsetzen auf die Gestalt in ihrem roten Umhang, die sich auf mich zubewegte. An ihrer Stimme erkannte ich sie sofort.

»Janine – warum steckst du in diesem Kostüm?«, fragte ich ärgerlich. »Das glaube ich nicht! Ist das wieder einer von deinen bösen Scherzen?«

Sie blieb stehen und schwang ihren Umhang nach hinten. »Das ist kein Scherz«, erwiderte sie leise. Hinter der roten Maske funkelten ihre blauen Augen wie Juwelen. »Ich bin nicht Janine, wenn ich dieses Kostüm trage. Sondern Red Raven. Und du –«

»Hör auf!«, schrie ich. »Jetzt mal der Reihe nach. Warum wolltest du, dass ich dein anderes Kostüm anziehe? Und wieso hast du mich herkommen lassen?«

»Das ist nicht mein Kostüm«, erwiderte Janine in scharfem Ton. »Begreifst du es denn nicht, Selena? Betrachte doch mal das Amulett.«

»Wie?« Ich hob den ovalen Anhänger hoch.

»Nur zu. Sieh es dir genau an«, drängte Janine.

Ich spähte durch die Schlitze in der Maske und nahm den ovalen Anhänger in Augenschein. Unter dem Glasdeckel sah ich ein Gesicht. Eine Fotografie.

Mein Gesicht.

»Das ist nicht mein Kostüm«, wiederholte Janine, die Hände in die Hüften gestemmt. »Sondern *deins.* Hast du dich nicht gewundert, warum es dir so gut passte?«

Ich schluckte schwer. »Ähh …«

»Es ist dein Kostüm, Selena«, sagte Janine. »Es ist immer schon hier gewesen und hat auf dich gewartet.«

»Aber –«, setzte ich an.

Erneut blitzten Janines blaue Augen auf. »Und ich bin wirklich deine Erzfeindin.«

Ich machte einen Satz quer durch den Raum und packte meine Kusine an den Schultern. »Aber das ist ja verrückt!«, schrie ich. »Erzfeindin? Was *sagst* du da? Wir leben in der Realität, nicht in einem Comicbuch!«

Sie schob meine Hände beiseite. »Es gibt eine Vielzahl von Welten in der Realität«, sagte sie leise. »Die meisten Menschen wissen das nicht.«

Mein Herz klopfte wie wild. Ich starrte meine Kusine an und versuchte, mir einen Reim auf ihre Worte zu machen.

»Versuch nicht, dich dagegen zu wehren, Selena«, warnte Janine. »Dies ist dein Schicksal. Zu diesem Zweck wurdest du geboren.«

Ich sah Traurigkeit in Janines Augen. Oder war es Wut? »Nein! Ich – ich will das nicht«, stammelte ich.

Sie seufzte. »Vielleicht verstehst du jetzt, warum ich immer so eifersüchtig auf dich gewesen bin.«

Mir klappte der Mund auf. »Eifersüchtig?«

»Warum, glaubst du, bin ich immer so fies zu dir gewesen?«, fragte Janine mit zittriger Stimme. »Warum habe ich dir wohl all diese üblen Scherze gespielt, um dich zu blamieren?«

»Du bist … eifersüchtig?«, wiederholte ich ungläubig.

Janine seufzte. »Ich wünschte, dieses Kostüm wäre meins. Ich würde alles dafür geben, um Shadow Girl zu sein – *alles*. Doch das ist nicht mein Schicksal, nicht meine Bestimmung.«

»Shadow Girl?«, wiederholte ich. »Wovon redest du?«

»Meine Aufgabe ist es, dich stark zu machen«, fuhr Janine fort. »Dich hart zu machen. Dich zu prüfen. Dich wütend zu machen. Dich auf deine Rolle als Shadow Girl vorzubereiten. Und dann … dich zu vernichten!«

»Nein!«, schrie ich. »Du bist ja irre! Du brauchst Hilfe! Du bist total übergeschnappt!«

Ich riss mir die schwarze Maske herunter und schleuderte sie auf Janine. »Das werde ich nicht tun! Nein! Das ist ein Witz! Ein übler Streich! Ich will mit meiner Mutter sprechen! Ich will sie sehen! Und zwar auf der Stelle!«

Janine hob die Maske auf und faltete sie zusammen. »Du kannst dich nicht gegen dein Schicksal auflehnen«, sagte sie leise.

»Nein! Das ergibt doch alles gar keinen Sinn!«, schrie ich. »Ich bin erst zwölf. Ich bin kein Superheld!«

Janine seufzte. Sie legte mir die Hand auf die zitternde Schulter. »Ich wünschte, ich könnte dir helfen«, flüsterte sie. »Aber es ist dein Schicksal.«

»Nein –«, jammerte ich. »Ich hasse es, zu kämpfen! Ich hasse Superhelden! Ich glaube an nichts von alldem! Das kann doch nicht wahr sein! Das kann es einfach nicht!«

»Beruhige dich, Shadow Girl«, sagte eine Stimme von der Tür hinter mir. »Du musst dein früheres Leben nun ablegen und das neue akzeptieren.«

Ich fuhr herum. »Tante Janet!«, rief ich erschrocken. »Was machst *du* denn hier?«

GRUSELFIEBER

24

»Das hier ist unser ganz spezielles Versteck«, sagte Tante Janet und schloss die Tür hinter sich. Sie trug einen langen schwarzen Umhang über schwarzen Leggings. Ihre dunklen Augen glitzerten in dem schummerigen Licht. »Dein Onkel Will hat keine Ahnung von dieser Seite unseres Lebens.«

Ich starrte sie fassungslos an. »Du auch?«

Sie nickte. »Ich war Grey Avenger – bis ich mich zurückzog.«

Meine Tante trat zur Wand gegenüber und öffnete eine Schranktür. Dann nahm sie ein großes Buch heraus, größer als eine Enzyklopädie, das in schwarzes Leder eingebunden war. Es schien ziemlich schwer zu sein. Sie musste es mit beiden Händen tragen.

»Wir konnten dir nichts enthüllen vor der heutigen Nacht – einer mondlosen Nacht. Der Nacht der Schatten. So steht es geschrieben im *Schicksalsbuch*. Hat dir Red Raven von dem Buch erzählt?«, fragte Tante Janet.

»Noch nicht«, sagte Janine. »Selena hat mit mir gestritten. Sie weigert sich, zu verstehen ...«

»Das ist doch kompletter Wahnsinn!«, platzte es aus mir heraus.

Mit beiden Händen hob Tante Janet das Buch hoch und hielt es ausgestreckt vor sich. Und während sie es anhob, begann es zu glühen. Ein gelbroter Schein breitete sich aus, wie Feuer.

»Nein, Selena, es ist alles wahr«, sagte sie leise. »Dies ist das *Schicksalsbuch*. Darin steht deine Zukunft geschrieben.«

Wie hypnotisiert starrte ich auf das glühende Buch. Hellgelbe und rote Funken flogen aus dem Einband und kreisten um meine Tante, bis auch sie in glühendes Licht getaucht war.

Ich konnte nicht glauben, was ich da sah. Konnte das denn alles wirklich wahr sein?

»I-ich verstehe das nicht«, murmelte ich.

Janine zog zwei Klappstühle heran, die an der Wand lehnten. Dann schob sie ihren Umhang zur Seite, setzte sich auf einen der Stühle und bedeutete mir, den anderen zu nehmen.

Tante Janet stand vor uns, glühend im Schein des großen Buchs, das sie in Händen hielt.

»Wir stammen aus einer anderen Welt«, flüsterte sie. »Unser Schicksal unterscheidet sich von demjenigen der Menschen, mit denen wir zusammenleben. Wir haben eine Aufgabe – die Wehrlosen zu beschützen. Menschen, die nicht mal wissen, dass wir existieren.«

»Aber meine Mom –«, entfuhr es mir.

»Deine Mom musste sich von dir trennen«, sagte Tante Janet. »Sie darf nicht in diese Sache mit hineingezogen werden. Das *Schicksalsbuch* hat es so bestimmt. Deine Mutter kann nicht bei deiner Ausbildung mitwirken. Auch deine Freundinnen mussten angewiesen werden, sich von dir fern zu halten.«

Ich schluckte. »Du meinst Beth –?«

Tante Janet nickte. »Deine Bestimmung ist es, als

Shadow Girl zu leben. So steht es im *Schicksalsbuch* festgeschrieben. Aber du musst deine Kräfte erst noch kennen lernen. Du musst dich prüfen und deinen eigenen Mut entdecken.«

Janine kicherte. »Welchen Mut?«, murmelte sie. »Sie ist ein totaler Waschlappen.«

»Das braucht seine Zeit«, sagte Tante Janet leise. Die Funken schwirrten um sie herum. »Wir haben dich auf die Probe gestellt, Shadow Girl. Bis jetzt hast du dich nicht bewährt.«

»Mich auf die Probe gestellt?«, fragte ich. »Du meinst –«

»Cindy«, sagte Janine. »Ihre Geschichte, dass sie ausgeraubt wurde – das war nur vorgetäuscht. Eigentlich hätten wir da etwas Mut von dir erwartet. Stattdessen wurdest du grün und hättest dich fast übergeben.«

Ich sprang von meinem Stuhl auf. »Aber – ich will das nicht tun!«, rief ich. »Ich bin nicht mutig. I-i-ich *will* das nicht tun, nur weil es so in diesem Buch steht!«

Tante Janet hob das glühende Buch höher. »Du kannst nicht gegen das *Schicksalsbuch* aufbegehren«, erklärte sie. »Selbst wenn es nicht dem entspricht, was du gewählt hättest.«

Janine sprang ebenfalls vom Stuhl auf und drehte mich um, damit ich sie anschauen musste. »Ich habe mir auch nicht ausgesucht, Red Raven zu sein!«, rief sie. »Aber so ist es in dem Buch beschlossen. Mein ganzes Leben lang wollte ich Shadow Girl sein. Ich habe es mir nicht ausgesucht, deine Feindin zu sein – aber ich bin es!«

Tante Janet seufzte tief. Dann legte sie das Buch in den Schrank zurück. Im Raum wurde es merklich dunkler.

»Ja, unsere Familie ist jetzt gespalten«, sagte sie traurig. »Shadow Girl und Red Raven sind auf immer verfeindet.« Ihr versagte die Stimme. Sie wandte sich ab. »So ungerecht. So ungerecht … doch wir haben keine Wahl. Wir müssen dem Buch gehorchen.«

Mit raschen Schritten ging sie zur Tür.

»Tante Janet?« Ich wollte ihr nachlaufen, aber Janine hielt mich zurück.

»Gebrauche deine Kräfte weise, Shadow Girl«, flüsterte meine Tante und verschwand in der Dunkelheit.

»Aber – aber –«, rief ich ihr hinterher.

Janine packte mich fest am Arm. »Sie kann darüber nicht sprechen. Sie ist zu traurig deswegen.«

»Wegen uns beiden?«, fragte ich.

Janine nickte. »Mom konnte dir den Rest der Geschichte nicht erzählen«, sagte Janine. »Es nimmt sie zu sehr mit, sie zu beenden.«

Ich blickte Janine fest in die Augen. »Und, wie geht die Geschichte aus?«, wollte ich wissen.

Einen Moment lang erwiderte sie meinen bohrenden Blick. Dann sagte sie: »Im *Schicksalsbuch* steht geschrieben, dass du mich *töten* wirst!«

GRUSELFIEBER

25

»Neeeeiiin!« Ein Schrei des Entsetzens drang aus meiner Kehle.

Ich schob mich an Janine vorbei und stürzte aus dem Zimmer. Ich musste weg von hier. Raus aus diesem Haus.

Mein Kopf fühlte sich an, als wollte er gleich zerspringen. Immer wieder hörte ich Janines erschreckende Worte, bis in meinem Kopf ein Chaos tobte.

Mit flatterndem Cape rannte ich durch die Straßen. Könnte ich doch bloß von hier fortfliegen, dachte ich. Ich wünschte, ich könnte davonfliegen und bräuchte diese Verrückten nie mehr zu sehen.

»Uuuaaah!« Ich stieß einen verblüfften Schrei aus, als meine Füße den Boden verloren – und ich abhob. Der kalte Wind blies mir ins Gesicht, während ich über der Straße schwebte.

»Oh, Wahnsinn! Sie haben die Wahrheit gesagt!«, rief ich. »Ich – ich habe Zauberkräfte! Ich fliege!«

Ich blickte zu den Sternen empor und stieg höher. Die eisige Luft stach meine Wangen wie mit Nadeln, aber es kümmerte mich nicht. Das hier war unglaublich!

Mein Umhang bauschte sich hinter mir im Wind und trug mich noch höher hinauf. Ich hatte Angst, nach unten zu sehen. Angst, ich würde vom Himmel fallen, wenn ich es tat. Doch dann senkte ich langsam den Blick in die Tiefe und betrachtete die Straßen unter mir. Die Häuser, die sie in einem perfekten Muster säumten. Von hier oben schien alles so unwirklich. So fantastisch!

Ich wendete, flog über die Schule und landete einige Sekunden später in Janines Vorgarten. »Autsch!«, rief ich vor Schmerz, als ich unsanft auf Ellbogen und Knien aufkam. Mit pochendem Herzen taumelte ich ins Haus.

Ich schlich die Treppe hoch, am ganzen Leib zitternd. Ich musste unbedingt aus diesem Kostüm raus. Nachdem ich es in dem geheimen Zimmer verstaut hatte, schlüpfte ich in Jeans und Sweatshirt.

Ich musste mit irgendjemandem reden. Aber mit wem? Ich wusste, ich konnte Mom nicht erreichen. Und Beth konnte ich auch nicht anrufen.

Ich brauchte einen Freund. Aber in dieser neuen Stadt hatte ich keine Freunde.

Dann fiel mir jemand ein – Stan. Vielleicht konnte ich mit *ihm* reden! Vielleicht hatte er ja eine Idee, was ich tun sollte.

Ich schlug seine Adresse im Telefonbuch nach. Dann schnappte ich mir meine Jacke und rannte zur Haustür hinaus.

Es war spät. In den meisten Häusern im Viertel brannte kein Licht mehr. Die Luft fühlte sich schwer und feucht an. Am Himmel standen weder Mond noch Sterne.

Als ich Stans Haus näher kam, änderte sich das Stadtbild. Die Häuser waren schäbig und enger zusammengebaut. Die Vorgärten waren winzig und mit Schmutz und Abfall übersät.

Auf einem unbebauten Grundstück sah ich drei oder

vier Männer, die sich um ein Feuer in einer alten Tonne drängten. Auf der anderen Straßenseite stand ein Auto ohne Räder mit aufgeschlitztem Verdeck.

»He, Mädchen –«, rief plötzlich jemand hinter mir. »Hast du mal etwas Kleingeld? Wie wär's mit 'nem Dollar?«

Ich drehte mich nicht um, sondern zog meine Jacke fester um mich und fing an zu rennen.

Vielleicht war es ein Fehler, dachte ich. Stans Wohngegend ist nachts aber wirklich unheimlich.

Endlich fand ich sein Haus, ein kleines, quadratisches, mit dunklen Schindeln gedecktes Haus neben einem unbebauten Grundstück. Ein Bahnübergang war an der Straßenecke, gegenüber befand sich eine Tankstelle mit zwei Zapfsäulen, die nachts geschlossen hatte.

Ich klopfte leise an die Haustür, aus Sorge, seine Eltern könnten vielleicht sonst aufwachen. Einige Sekunden später öffnete Stan die Tür. Er machte große Augen. »Selena, du?«

»Hi. Bist du gerade beschäftigt?«, fragte ich.

Er zog die Tür weiter auf. Ich trat ein. Die Luft war warm und roch nach altem Speck. Die Tapete war dunkel und hatte an einer Wand einen großen Fleck.

»Ich wollte gerade meinen neuen Computer ausprobieren«, sagte Stan. »Komm mit. Mein Zimmer ist da hinten.«

Ich trat über ein Loch im Teppich und folgte ihm in den hinteren Teil des Hauses. »Sind deine Eltern daheim?«, fragte ich mit einem neugierigen Blick in die winzige, dunkle Küche.

»Nein. Dad hat zwei Jobs«, antwortete Stan. »Deshalb bekommen wir ihn nicht oft zu Gesicht. Und Mom arbeitet die Spätschicht in der Kartonagenfabrik.«

»Meine Mom arbeitet auch nachts«, sagte ich.

Das nahm ich zumindest an. Ich hatte plötzlich ein so riesiges Verlangen, sie zu sehen, dass ich ein Schluchzen unterdrücken musste.

Ob ich sie jemals wieder sehen würde?

Stans Zimmer war ein langer Schlauch. Poster von Rockstars zierten eine ganze Wand. Auf seinem Schreibtisch stand ein Computer, umgeben von einem Dutzend Kabel.

Stan machte eine Geste, dass ich mich setzen solle. »Was gibt's denn?« Er stand über seinen Schreibtisch gebeugt und schloss den Monitor an.

»Ich weiß nicht«, sagte ich mit einem Seufzer. »Es war eine so verrückte Nacht.«

Er nahm die Computermaus in die Hand. »Also, wo würdest du die hier anschließen?«, fragte er und kratzte sich am Kopf.

Weiß Stan von Janines geheimer Identität?, überlegte ich. Weiß er irgendwas von diesem Superheldenzeug?

Als wir neulich zusammen das geheime Zimmer erkundeten, schien ihm das Kostüm von Shadow Girl völlig unbekannt.

Ich musste herausfinden, was er wusste. »Du erinnerst dich doch an dieses schwarze Kostüm, das wir in dem geheimen Zimmer gefunden haben?«, begann ich. »Ich habe mir darüber Gedanken gemacht. Hat Janine es letztes Jahr an Halloween getragen?«

Stan legte die Stirn in Falten und überlegte angestrengt. »Nein. Ich glaube, sie ging als Hexe. Ja. Mit einer dicken grünen Warze auf der Nase.« Er kicherte.

Offenbar weiß er gar nichts über Shadow Girl, dachte ich. »Liest du manchmal Comicbücher?«, fragte ich.

Er schüttelte den Kopf. »Ich weiß, dass Janine sich sehr dafür begeistert. Ich hab das nie getan. Nicht mal, als ich klein war.«

Mit Stan kann ich nicht über Shadow Girl sprechen, entschied ich. Janine hat ihm nie was davon erzählt. Und wahrscheinlich soll das auch ein Geheimnis bleiben.

Jetzt bin ich den ganzen Weg gelaufen, weil ich jemanden zum Reden brauchte. Und nun kann ich nicht mit Stan reden.

Plötzlich fühlte ich mich furchtbar allein. Mutterseelenallein auf der Welt.

Stan steckte das Mauskabel in eine Buchse. »Jaaa! Ich hab's!«

Er richtete sich auf und grinste. »He, Selena, hat Janine dir was von der Party am Samstagabend gesagt?«

»Party?«

Er nickte. »Wahrscheinlich hat sie's vergessen. Sie gibt eine Party im Haus ihrer Nachbarn von gegenüber. Die Carvers sind das ganze Wochenende über verreist. Und sie haben Janine den Hausschlüssel gegeben, damit sie ihre Post reinholt.«

»Und deshalb schmeißt Janine eine Party bei denen zu Hause?«, fragte ich. »Das ist ja furchtbar!«

Stan lachte. »Die Carvers werden das nie erfahren. Wir werden vor ihrer Rückkehr alles sauber machen.«

Ich blickte ihn misstrauisch an. »Aber warum tut Janine das?«

Er zuckte die Achseln. »Warum nicht? Weil es cool ist.«

Ich stand auf und zog meine Jacke an. »Ich gehe jetzt besser«, sagte ich. »Wenn meine Tante und mein Onkel wüssten, dass ich mich so spät noch draußen herumtreibe, bekämen sie einen Anfall!«

»Ich sehe dich dann wohl am Samstag bei der Party«, sagte Stan und begleitete mich bis zur Haustür.

Ich verdrehte die Augen. »Ja. Falls meine liebe Kusine mich einlädt!«

Ich sagte Gute Nacht und trat wieder hinaus in die feuchtkalte Nacht. Ein eisiger Nieselregen hatte eingesetzt und ich zog meine Kapuze hoch.

Nach wenigen Schritten auf dem Gehweg kam ich an einer umgefallenen Mülltonne vorbei. Ihr Inhalt war über den Bürgersteig und die Straße verteilt.

Ich machte einen Satz darüber und entfernte mich mit raschen Schritten.

Ich war noch keinen halben Block weit gegangen, da hörte ich hinter mir einen gellenden Schrei. Einen Schrei in höchster Not.

26

Ein Angstschauer lief mir den Rücken herunter.

Ich fuhr herum.

Und vernahm abermals einen Schrei. Er kam von der dunklen Tankstelle auf der anderen Straßenseite.

Durch den Nieselregen sah ich vier oder fünf Jungen. Zuerst dachte ich, sie stünden nur dicht im Kreis beieinander. Wie Footballspieler.

Aber dann erkannte ich, dass sie um einen anderen Jungen herumstanden. Einen Jungen mit einer gestreiften Skimütze. Und dieser Junge war es, der geschrien hatte.

Zaghaft ging ich ein paar Schritte näher heran.

Die Angreifer trugen schwarze Lederjacken und Jeans.

Durch den Dunst spähend, sah ich, wie sie ihre Arme schwangen.

Und hörte das Auftreffen von Fäusten.

Der Junge mit der Skimütze schrie wieder, diesmal vor Schmerzen.

Die anderen ließen ihn nicht entkommen. Sie holten aus. Prügelten auf ihn ein. Grunzten laut bei jedem Fausthieb.

Hilflos musste ich mit ansehen, wie der Junge auf dem nassen Gehweg in die Knie ging.

Kaum war er gefallen, stürzten sie sich auf ihn. Sie packten ihn an den Armen und zerrten ihn hinter die Tankstelle.

Das Herz hämmerte mir in der Brust. Mir war übel. Ich hielt mir die Hand vor den Mund und blickte mich panisch um auf der Suche nach einem Polizisten. Nach irgendjemandem, der helfen konnte.

Doch die Straße war wie leer gefegt.

»He – hört auf!«, rief ich. »Lasst ihn in Ruhe!«

Ich hatte gar nicht nachgedacht. Ich hatte nicht vorgehabt, sie anzuschreien. Die Worte waren mir einfach so herausgeplatzt.

Zwei der Peiniger ließen von ihrem Opfer ab. Sie zeigten auf mich und kamen angelaufen.

»Schnappt sie euch!«, rief ein Dritter.

Und dann rannten alle vier mir nach, rannten, was das Zeug hielt, dass ihre Lederjacken wehten und ihre Stiefel über den Asphalt donnerten.

Warum hab ich das nur getan?, fragte ich mich.

Hielt ich mich wirklich für eine Art Superheld?

Panik ließ mich erstarren. Ich werde Prügel kassieren wie dieser Junge.

»Jetzt kriegst du Ärger!«, rief eine heisere Stimme.

Ich holte tief Luft. Wirbelte herum und zwang meine Beine, sich zu bewegen.

»Ohh!«, rief ich, als ich direkt in eine blecherne Mülltonne rannte.

Die Tonne fiel klappernd auf die Seite – mit mir obendrauf. Ich schlug heftig aufs Pflaster. Versuchte, mich abzurollen, damit ich schnell wieder auf die Füße kam.

Zu spät. Zu spät.

Mit geballten Fäusten kamen die grinsenden Jungen auch schon angerannt und umstellten mich.

27

Auf dem Bauch liegend, versuchte ich aufzustehen und rutschte dabei auf dem ekligen Müll aus.

Da hörte ich plötzlich das Quietschen von Reifen! Rasch drehte ich den Kopf. Ein schwarzer Jeep kam um die Kurve gejagt.

Der Fahrer musste mich glatt übersehen haben, unten auf dem Boden. Nur Zentimeter vor meinen ausgestreckten Armen brauste der große Wagen vorbei.

Keuchend vor Angst, rappelte ich mich auf.

Und starrte auf die leere Straße.

Die vier Jungen waren verschwunden. Der anjagende Geländewagen hatte sie wohl vertrieben.

Ob sie noch in der Nähe waren? Und mich beobachteten? Dieses Risiko würde ich nicht eingehen.

Ich zog mir wieder die Kapuze über den Kopf und stapfte los nach Hause. Mit jedem Schritt, den ich machte, wurde ich wütender.

Diese Mistkerle! Glaubten die denn, sie könnten jeden aufmischen, der ihnen über den Weg lief?

Damit kommen die mir nicht davon!

Tante Janets Worte klangen in mir nach: *»Gebrauche deine Kräfte weise, Shadow Girl.«*

Das Kostüm. Ich brauchte das Kostüm.

Ich hatte keine Ahnung, welche Kräfte es bereithielt. Ich wusste nur, dass ich ohne es aufgeschmissen war.

Der gefrierende Regen fiel inzwischen stärker, und so

rannte ich zu Janines Haus zurück, dass das Wasser in den Pfützen auf dem rutschigen Pflaster nur so spritzte.

Onkel Wills Auto stand in der Auffahrt. Lautlos schlich ich mich ins Haus und die Treppe hoch zum Schlafzimmer. Janine schlief. Sie lag auf der Seite, den Mund leicht geöffnet; die Lichter hatte sie angelassen.

Lautlos ging ich über den Flur. Hinein in das geheime Zimmer. Einige Augenblicke später schlüpfte ich in den Umhang, legte das Amulett an und zog mir die Maske übers Gesicht.

Beim Verlassen des geheimen Zimmers blieb ich kurz stehen. Will ich das wirklich tun?, fragte ich mich. Will ich tatsächlich als Shadow Girl gehen?

Ich war aufgeregt und ängstlich zugleich.

Dann eilte ich zurück nach draußen. Der kalte Regen hatte aufgehört, aber in den Straßen hing dichter Nebel.

Ich trabte los in Richtung von Stans Wohnviertel. Wie ich durch die dunklen, schweigenden Straßen lief, wurde mir klar, dass ich überhaupt nichts über meine Kräfte wusste.

Okay, ich konnte fliegen. Aber wie, war mir nicht ganz klar.

Ob ich wohl Superkräfte besitze?, fragte ich mich. Macht mich der Umhang unverwundbar?

Ich blieb mitten auf der Straße stehen. Mein Atem stieg in kleinen Wölkchen vor mir auf. Unter dem Cape zitterte ich am ganzen Leib. Noch nie in meinem Leben hatte ich solche Angst, dachte ich.

Es war zu spät für einen Rückzieher. Zu spät …

Direkt vor mir lag bereits die Tankstelle. Ich schob

das Cape zurück, stemmte mich gegen den Wind und lief darauf zu.

Neben einer Zapfsäule sah ich die gestreifte Skimütze auf dem Boden. Ich hob sie auf. Und dann sah ich den Jungen, der noch immer rücklings auf dem Asphalt neben der Hauswand lag.

Als ich mich neben ihn kniete, stöhnte er und schlug die Augen auf.

Sein dunkles Haar war klatschnass und hing ihm wirr in die Stirn. Auf einer Wange hatte er eine tiefe Schnittverletzung und unter seiner Nase klebte dunkles, verkrustetes Blut.

Er stöhnte wieder und hielt sich die Seite. Dann blinzelte er mehrmals. Als er seinen Blick endlich auf mich richtete, keuchte er erschrocken.

Ich beugte mich über ihn und strich ihm das Haar mit dem Handschuh nach hinten. »Hab keine Angst«, sagte ich leise. »Ich bin dein Freund. Ich bin Shadow Girl.«

Die Worte klangen mir so seltsam in den Ohren. So fremd. Als würde eine andere Person sie sprechen.

Der Junge kniff die Augen zusammen. »Meine Rippen …«, stöhnte er.

»Kannst du aufstehen?«, fragte ich. »Soll ich nicht besser einen Krankenwagen holen? Oder deine Eltern anrufen?«

»I-ich glaube, ich kann stehen«, sagte er und berührte sachte seine verletzte Wange. Er wollte sich hochrappeln. Ich fasste ihn am Arm und half ihm, sich hochzuziehen.

»Dieses Kostüm«, sagte er. »Warum –«

»Nicht wichtig. Ich bin nur zurückgekommen, um dir zu helfen«, sagte ich und gab ihm seine Mütze. »Wer waren diese Kerle, die dich vermöbelt haben?«, fragte ich.

»*Wen interessiert das?*«, tönte eine raue Stimme hinter meinem Rücken.

Erschrocken fuhr ich herum – und da standen die vier taff aussehenden Kerle in ihren schwarzen Bomberjacken.

Ich sah die Baseballschläger in ihren Händen. Sah ihre drohend zusammengekniffenen Augen. Sie spannten ihre Muskeln an, als wollten sie sich für einen Kampf bereitmachen.

Und dann kamen sie mit erhobenen Baseballschlägern auf mich zu.

28

Die Angst schlug über mir zusammen. Das schaffe ich nicht, dachte ich. Gegen diese Kerle komme ich nicht an.

Ich zwang mich aufzustehen und ging einen Schritt auf sie zu. Dann noch einen. Mein Cape bauschte sich auf. Die Maske klebte nass auf meinem Gesicht.

Nun kreisten die vier Jungen mich langsam ein und klatschten drohend ihre Baseballschläger in die Handflächen.

»Ein bisschen spät für Halloween, findest du nicht?«, rief einer von ihnen.

Die anderen lachten.

»Legt eure Schläger hin«, befahl ich und bemühte mich, meiner Stimme einen festen Klang zu geben. »Ich bin Shadow Girl. Ihr könnt mich nicht verletzen.«

Sie lachten wieder. »Die spinnt wohl«, murmelte einer von ihnen.

»Die ist schon jetzt erledigt«, sagte ein anderer.

Mir stockte der Atem. Gleich bin ich tot!, schoss es mir durch den Kopf.

Wie kann ich mich nur gegen diese Dreckskerle wehren?

Bitte – bitte – lass mich stark sein!, betete ich im Stillen.

Sie kamen näher, schritten in einem engen Kreis um mich herum. Und dann schwang ein großer Junge mit kalten grauen Augen und einem silbernen Nasenring seinen Baseballschläger.

Er zielte auf meine Hüfte.

Ich wich zurück und fühlte den kalten Luftzug, als das Ding mich um Haaresbreite verfehlte.

Der nächste Junge holte zu einem Hieb gegen meinen Kopf aus. Ich duckte mich. Ließ die Hand vorschnellen. Und packte seinen Schläger.

Mühelos konnte ich ihm die Waffe entreißen. Er machte riesengroße Augen. Wie verblüfft war er, als er spürte, wie stark ich war.

Ich schleuderte das Holz gegen die Wand des Tankstellengebäudes, wo es mit einem lauten *Tonk!* abprallte.

Mit einem Grunzen holte der erste Angreifer erneut aus. Ich hob die Hand. Packte den Schläger mitten im Flug. Entriss dem Kerl seine Waffe.

Und brach sie mit bloßen Händen entzwei.

»Boah!«

»He –!«

»Irre!«

Ich konnte das Erstaunen in ihren Gesichtern sehen. Erstaunen – und Furcht.

Ich machte einen Satz nach vorn und schnappte mir den Schläger von einem weiteren Jungen.

Er klammerte sich daran fest, kämpfte, ihn mir wieder zu entreißen.

Mit aller Kraft warf ich den Schläger – und wurde Zeuge, wie das Holz mitsamt seinem Besitzer auf das Dach der Tankstelle hinaufsegelte.

Es wurde eine harte Landung für den Jungen. Ich hörte ihn aufstöhnen. Sein Schläger rollte klappernd über das Dach.

Und dann flohen die drei anderen Kerle. Schreiend rannten sie von dem Tankstellengelände fort und verschwanden die Straße hinunter.

Mir war schwindlig. Bei jedem Atemzug keuchend, drehte ich mich um und sah, dass sich auch der Junge mit der Skimütze verkrümelt hatte.

Ich richtete mich kerzengerade auf. Ein Lächeln huschte über mein Gesicht. »Mein erster Sieg«, murmelte ich. »Ich hab's getan! Ich bin Shadow Girl!«

Dann zitterte mein Körper so heftig, dass ich auf die Knie fiel.

Mir war so übel. Ich fühlte mich schlechter als je zuvor in meinem Leben.

Ich beugte mich vor und spie mir fast die Seele aus dem Leib.

Ich bekam dieses Zittern einfach nicht in den Griff.

Ein Schauder nach dem anderen überlief mich.

Endlich fühlte ich mich kräftig genug, um aufzustehen. Ich schlang das Cape um mich und machte mich auf den Heimweg.

Das schaffe ich nicht, dachte ich.

Ich kann kein Superheld sein.

Nicht, dass ich Angst davor hätte. Ich hasse es. *Hasse* es. *Hasse* es!

Zurück im Schlafzimmer weckte ich Janine. »Ich kann das nicht tun«, sagte ich. »Tut mir Leid. Ich hab's probiert und ich kann's nicht.«

Sie blinzelte mich schlaftrunken an. »Wie kommst du auf die Idee, dass du eine Wahl hast?«, flüsterte sie.

In der folgenden Nacht zwang Janine mich, meine Kräfte zu erproben.

Sie zerrte mich zu der geheimen Kammer. »Beeil dich. Zieh dich an. Los«, befahl sie.

Ich schluckte schwer. »Kommst du mit?«

Sie schüttelte den Kopf. »Ich bin deine Feindin – weißt du noch? Du musst deinen eigenen Weg finden.«

»Aber – ich habe keine –«

Janine schubste mich in den versteckten Raum. »Du bist so erbärmlich, Selena. Na gut, einen Hinweis will ich dir geben«, sagte sie. »Die Macht liegt in dem Amulett.«

»Wie? Was heißt das?«, fragte ich.

Sie schloss die Tür hinter mir. Ich hörte das Summen, als das Bücherregal wieder zurückglitt.

He – ich bin hier drin eingeschlossen, dachte ich. Aber dann fiel mir das Fenster wieder ein.

Ehe ich das Kostüm anzog, betrachtete ich sorgfältig den Anhänger. Durch das dunkle Glas starrte mir mein Foto entgegen.

Warum sagte Janine, die Macht liege in dem Amulett?

Ich drückte das kühle Glas zwischen den Fingern. Eigentlich hatte ich erwartet, dass es eine Hitzewelle verströmen oder einen Lichtblitz aussenden würde. Doch nichts geschah.

Mit einem Seufzer ließ ich den Anhänger auf meine Brust zurücksinken. Dann schlüpfte ich in den Rest des Kostüms.

Ich zog das Rollo hoch und öffnete das Fenster. Ein Schwall kalter Nachtluft begrüßte mich. Vom Fenstersims ließ ich mich auf den Ast gleiten.

Sieh nicht nach unten, Selena, warnte ich mich. Du bist nicht schwindelfrei.

Nun begann ich, mich an dem dicken Baumstamm hinabzuhangeln. »Au!«, rief ich, als ich meine Hand an einem rauen Stück Rinde aufschürfte.

Kein guter Anfang.

Ich landete unsanft am Boden und vertrat mir dabei auch noch den Knöchel. Der Schmerz kroch pochend mein Bein hoch. Ich wollte wieder reingehen und diesen ganzen Superheldenquatsch einfach vergessen.

Aber mir war klar, das würde Janine niemals zulassen.

Der Wind wirbelte meinen Umhang herum. Ich zupfte die Maske zurecht, damit ich besser sehen konnte. Dann stapfte ich zu dem unbebauten Grundstück an der Ecke.

Das Gelände war mit Steinen und herabgefallenen Ästen übersät.

Die Sache mit dem Fliegen hebe ich mir bis zuletzt auf, nahm ich mir vor. Ich weiß bereits, dass ich fliegen kann. Die Frage ist: *Wie mache ich's?*

Ich beschloss, als Erstes meine Kraft auszuprobieren. Ich dachte daran, welch erstaunliche Kraft ich im Kampf gegen diese vier Typen besessen hatte.

Ob ich jedes Mal so stark sein würde, wenn ich das Kostüm von Shadow Girl trug?

Der Mond verkroch sich hinter den Wolken. Eine bedrückende Dunkelheit breitete sich über das verlassene Grundstück.

Ich bückte mich, um einen von Grasbüscheln eingerahmten großen, runden Stein hochzuheben. »Uff!« Ich zerrte mit beiden Händen daran, aber der Stein bewegte sich keinen Millimeter.

Ich entschied mich, es mit einem kleineren zu probieren. Dieser war spitz und scharfkantig. Ich packte ihn mit beiden Händen, hob ihn bis auf Hüfthöhe und schleuderte ihn fort.

Er plumpste ganze dreißig Zentimeter vor mir zu Boden.

Was war mit meiner wundersamen Kraft geschehen?, wunderte ich mich.

Janines Worte hallten in meinem Kopf: *»Die Macht liegt in dem Amulett.«*

Ich hob einen kleinen Stein mit der einen Hand auf und drückte den Anhänger mit der anderen. Dann schleuderte ich den Stein weg, so fest ich nur konnte.

Er flog eine kurze Strecke und fiel dann ins Gestrüpp.

»So funktioniert das nicht«, sagte ich laut.

Vielleicht bin ich superschnell, dachte ich. Ich kickte einen Dreckklumpen aus dem Weg. Dann flitzte ich los und rannte über das Grundstück.

Weit kam ich aber nicht. Mein verdrehter Knöchel schmerzte. Und das Cape verfing sich an einem herabgefallenen Ast.

Was mache ich bloß falsch?, überlegte ich. Das Kostüm ließ mich damals nach Hause fliegen. Und es leistete auch hervorragende Dienste gegen diese vier Mistkerle an der Tankstelle.

Ich versuchte es noch ein paar Mal. Ich drehte mich um und konzentrierte mich auf das Haus auf der anderen Straßenseite. Nein, ich besaß keinen Röntgenblick.

Dann lehnte ich mich mit meinem ganzen Gewicht gegen einen Telefonmasten auf dem Gehweg. Nichts. Er bewegte sich nicht mal.

»Gebrauche deine Kräfte weise«, hatte Tante Janet gesagt.

Das bedeutete, dass ich Kräfte besaß. Wieso waren sie heute Nacht wie ausgelöscht? Was machte ich falsch?

An der Ecke des nächsten Blocks sah ich eine weiße Kirche. Sie stand auf einem Hügel und blickte auf die Straße hinab. Neben der Kirche ragte der spitze Kirchturm in den schwarzen Nachthimmel.

»Ich kann fliegen. Ich weiß, dass ich's kann«, sagte ich mit lauter Stimme.

Ich schlug das Cape zurück und rannte über die Straße. Die Hintertür zur Kirche war offen. Über die steile Wendeltreppe kletterte ich in die Spitze des Glockenturms.

Ein schmaler Sims tat sich vor mir auf. Ich trat hinaus. Der Wind blies kräftig, dass der ganze Turm bebte. Ich schaute auf die Bäume und Häuser des Viertels hinab.

Meine Beine zitterten so stark, dass ich kaum stehen konnte. Und jetzt rebellierte auch noch mein Magen. Mir war hundeelend zumute.

Kann ich noch ein zweites Mal fliegen? Ja? Ich habe keine Wahl. Ich muss es probieren.

Einmal habe ich es schon geschafft. Dann kann ich es auch ein zweites Mal!

Ein Windstoß bauschte meinen Umhang hinter mir auf. Ich trat nach vorn an die Kante.

Ich kann es, dachte ich fest entschlossen. Ich weiß, dass ich es kann!

Ich hob die Arme über den Kopf. Dann sprang ich vom Rand des schmalen Sims.

Und stürzte senkrecht in die Tiefe …

29

Ich schloss die Augen. Und betete: *Bitte – bitte – lass mich fliegen!*

Ich wartete auf die Explosion der Schmerzen in meinem Körper. Gleich würde ich auf den Boden aufschlagen.

Doch da spürte ich einen Ruck, fühlte mich plötzlich nach oben gezogen.

Als ich die Augen wieder öffnete, sah ich den Boden unter mir dahingleiten. *Unter* mir!

Ich streckte die Arme nach vorne – und stieg sogleich höher. Der kalte Wind wehte mir ins Gesicht, ließ meine Maske flattern und bauschte mein Cape zu einer großen Fahne auf.

»Ja! Ich fliege wieder!«, schrie ich.

Ich stieg höher hinauf in den schwarzen Himmel. Nun konnte ich die Kirche und ihren Glockenturm tief unter mir sehen. Und die entlang der Straße geparkten Autos, klein wie Spielzeuge.

Ich flog – und kannte jetzt das Geheimnis. Das Geheimnis des Amuletts und seiner Kräfte.

Ich musste mir zuerst die Macht *wünschen.* Und wenn ich sie mir wünschte, wurde sie mir auch zuteil.

Ja! Ich erinnerte mich, wie ich mir Kraft gewünscht hatte, als diese vier Kerle mich in die Mangel nehmen wollten. Und dann besaß ich sie.

Und jetzt hatte ich mir gewünscht zu fliegen – und schwebte hoch über Elmwood durch die Luft, glitt dicht über dem Boden dahin und segelte hoch über den Häusern.

Wie verhindere ich nur eine Bruchlandung?, überlegte ich. Die erste Landung war ziemlich schmerzhaft gewesen. Ob ich mir eine weiche Landung *wünschen* soll?

Ich nahm die Arme herunter und begann sofort zu fallen. Mein Umhang flatterte über mir, Häuser und Bäume sausten mir entgegen.

»Neeeeeiiiiin!«, kreischte ich. Außer Kontrolle, ich hatte völlig die Kontrolle verloren.

»Aua!« Ich landete hart auf beiden Füßen. Meine Beine knickten ein und ich schlug mit dem Hintern ins nasse Gras. Der Umhang breitete sich wie ein Fallschirm über meinen Kopf.

Wow! Das ist echt unglaublich!, war mein erster Gedanke.

Unfassbar!

Wenn ich da noch etwas trainiere und wirklich gut werde …

He! Wovon rede ich da? Ich will das doch gar nicht tun, ermahnte ich mich. Klar, es war schon *umwerfend*, über den Himmel zu düsen. Wirklich aufregend. Aber nein … ich wollte auf gar keinen Fall für den Rest meines Lebens hinter Verbrechern herfliegen!

Was kann ich denn sonst noch?, überlegte ich. Welche anderen Kräfte besitze ich?

Zitternd stand ich vom Boden auf. Dann hob ich einen Stein vom Gehweg und wünschte mir im Stillen eine Kraft wie ein Riese.

Ich schleuderte den Stein – und sah ihm nach, wie er

über die Dächer segelte und erst im nächsten Block niederfiel.

Ja! Ich hatte das Geheimnis des Amuletts und seiner Macht entdeckt.

Doch ich war fest entschlossen. Ich will ein normales zwölfjähriges Mädchen sein. Und keine Verrückte, die jede Nacht in einem Kostüm durch die Gegend rennt. Ich will keine Verbrecher bekämpfen und jagen und töten. *Ich will ein normales Leben!*

Ich machte kehrt und war auf dem Rückweg zu Janines Haus. Ein Auto rumpelte vorbei. Ich versteckte mich hinter einer hohen Hecke. In diesem Aufzug sollte mich niemand sehen.

Etwa einen Block vom Haus entfernt kam ich an einem Baum vorbei, der quer über dem Gehweg hing. Wahrscheinlich war er bei einem Sturm umgeknickt worden.

Abermals wünschte ich mir Kraft, lehnte die Schulter gegen den Stamm – und drückte den Baum wieder in die Höhe.

Als ich mein Kostüm abklopfte, vernahm ich Gelächter. Von hoch droben. Ich drehte mich um und sah Janine, die in ihrem roten Kostüm vom Himmel herabgestoßen kam.

»Na, Shadow Girl – wie läuft's denn so?«, fragte sie und landete elegant vor meinen Füßen.

»Du hast mir das Geheimnis nicht verraten«, schimpfte ich. »Du hast mir kein bisschen geholfen. I-ich hätte sterben können!«

Sie lachte. Hinter der roten Maske blitzten ihre

Augen auf. »Offenbar bist du ja von allein dahinter gekommen«, sagte sie.

Dann hörte ich Stimmen. Und bemerkte zwei Lichtstrahlen. An der Straßenecke konnte ich zwei Mädchen sehen, die in unsere Richtung radelten.

»Hör zu, Janine, ich will nach Hause«, sagte ich.

»Nenn mich nicht Janine. Mein Name ist Red Raven.«

»Mir doch egal«, entgegnete ich trotzig. »Ich will das nicht tun. Ich finde, Superhelden gehören in Comicbücher. Ich möchte nicht leben als –«

Ich brach ab, als ich ein Auto um die Ecke brausen sah. Die Scheinwerfer erfassten die beiden Mädchen auf ihren Fahrrädern.

Das schrille Quietschen von Bremsen übertönte den erschreckten Aufschrei der beiden. Das Auto geriet heftig ins Schleudern.

Janine gab mir einen Schubs – und weg war ich.

Ich hechtete über die Straße, tauchte vor dem Auto ab, senkte die Schulter und bekam einen wuchtigen Schlag verpasst, als mir die Stoßstange in die Seite stieß.

Ich rührte mich nicht vom Fleck. Und kippte auch nicht nach hinten weg.

Das Auto hüpfte einmal. Zweimal. Und kam zum Stehen.

Hastig fuhr ich herum und sah, wie die Mädchen auf den Randstreifen schlitterten. Eine der beiden fiel vom Rad, die andere kam mit quietschenden Reifen zum Stehen.

Sie waren unverletzt. Ich hatte ihnen das Leben gerettet.

Der Fahrer des Wagens streckte den Kopf aus dem Fenster. »Wer bist du?«, rief er. »Wie hast du das *gemacht*?«

»Ich bin Shadow Girl!«, erklärte ich.

Ich drehte mich um. Reckte die Arme in die Höhe. Und hob ab in die Luft. Im Zurückschauen konnte ich den verdatterten Gesichtsausdruck des Fahrers sehen, als ich über den Himmel sauste.

Im Garten hinter Janines Haus legte ich eine sanfte Landung hin. Meine Schulter schmerzte von dem Zusammenprall mit der Stoßstange. Und wieder wurde mir schlecht.

Ich fiel auf die Knie und zog mir die Maske herunter. Ich bekam keine Luft. Mein Magen rebellierte heftig.

Da spürte ich eine Hand auf meiner Schulter und blickte zu Janine auf. »Du hast gerade zwei Leben gerettet!«, rief sie. »Wie fühlt man sich dabei?«

»Schrecklich«, stöhnte ich. »Ich … ich hasse es, Janine. Es macht mich krank.«

»Zu dumm«, erwiderte sie scharf.

Benommen rappelte ich mich hoch.

»Zu dumm«, sagte sie noch mal und gab mir einen kräftigen Schubs, der mich zurücktaumeln ließ.

»He –!«, rief ich ärgerlich. »Was soll das?«

»Zu dumm, dass du nicht Shadow Girl sein willst«, kreischte Janine. »Das ist es, was ich mein ganzes Leben lang wollte – und du willst es einfach so wegwerfen.«

Sie gab mir noch einen Schubs. Ich stieß heftig gegen den Briefkasten.

»Das lasse ich nicht zu!«, rief Janine. »Ich lasse nicht zu, dass du aussteigst. Ich bin deine Feindin. Deine *Erz*feindin! Wozu hab ich dich wohl auf deine Rolle als Shadow Girl vorbereitet? Damit ich dich besiegen kann! Damit ich dich *vernichten* kann! Stell dich deinem Schicksal, Selena! Nimm es an!«

»Nein –!«, schrie ich. »Niemals!«

Gerade als sie mich erneut schubsen wollte, tat ich einen Schritt zur Seite.

Unsere Capes verschlangen sich. Mit einem Ruck befreite ich meines und stieß Janine weg.

Hinter der Maske riss Janine ihre blauen Augen auf. Sie öffnete den Mund und stürzte sich mit einem Schrei auf mich.

Ihr Angriff warf mich auf den Gehweg. Ich rollte mich unter ihr weg und schwang mich rittlings auf sie. Dann ließ ich meinen Oberkörper nach vorn schnellen und wollte ihre Arme auf den Boden drücken.

Stöhnend, zappelnd und tretend versuchte sie, sich freizustrampeln.

Mit einem Aufschrei packte ich ihr blondes Haar und zog fest daran.

Sie rollte sich seitlich weg – und ich kullerte auf die Fahrbahn.

Dann waren wir beide wieder auf den Beinen, rangen und rauften miteinander, schreiend und stöhnend vor Schmerz.

Als ich nach unten blickte, stieß ich einen entsetzten Schrei aus: Häuser und Bäume lagen tief unter uns.

Janine hatte mich hoch in die Luft gezogen. Und jetzt

kämpften wir hoch über dem Boden. Traten und schlugen aufeinander ein, schrien unsere Wut heraus.

Wir werden beide abstürzen, erkannte ich mit Schrecken. Wir werden uns beide zu Tode stürzen!

»Ich will das nicht! Ich will das nicht!«, kreischte ich.

»Es ist dein Schicksal!«, schrie Janine zurück.

»Neeeiiin!«, rief ich gequält.

Und auf einmal wurde mir klar, was ich zu tun hatte.

Als ich hoch oben am nächtlichen Himmel mit meiner Kusine rang und uns der Wind kräftig durchschüttelte – da wusste ich, was ich tun musste, um dies zu beenden, um mich zu befreien.

»Also gut – ich akzeptiere mein Schicksal!«, schrie ich. »Jetzt musst du dich auch deinem stellen!«

Entsetzt riss Janine die Augen auf.

»Ich werde tun, was in dem Buch geschrieben steht!«, erklärte ich. »Nämlich dich töten!«

Ich griff nach Janines Anhänger – und riss ihn ihr vom Hals.

Verzweifelt versuchte Janine danach zu greifen. »Nein! Gib ihn mir wieder! Ich brauche ihn! Ich kann nicht *leben* ohne ihn!«

Mit einem Wutschrei schleuderte ich den Anhänger auf die Erde.

Ich hörte, wie er auf dem Gehweg unter uns zerschellte. Und wusste, dass ich sie getötet hatte.

Mein Schrei gellte durch den nächtlichen Himmel: »Stirb, Red Raven! Stirb!«

NACHWORT

Freitagnacht. Eine ruhige, kühle Nacht. Die Bäume stehen schweigend. Ein strahlend heller Halbmond ergießt sein silbriges Licht über die Häuser und Gärten von Ellwood.

Shadow Girl glitt am Stamm des Baumes hinab, der neben dem Haus steht. Geduckt in die blauschwarzen Schatten lief sie lautlos zur Vorderseite des Hauses.

Nahe der Bordsteinkante blieb sie stehen, um den Sitz ihrer Maske zu korrigieren. Dann schob sie ihr Cape über die Schultern nach hinten.

Ein Auto rumpelte vorbei; aus seinem Radio dröhnte laute Countrymusik. Sie duckte sich hinter einen immergrünen Busch, um nicht von den Scheinwerfern erfasst zu werden.

Dann überquerte Shadow Girl die Straße. Ihre Stiefel klapperten auf dem Asphalt. Ein Klirren aus dem Haus der Carvers gegenüber erregte ihre Aufmerksamkeit. Für einen Moment blieb sie stehen. Dann lief sie los und rannte zur Seite des Hauses hinüber.

Da hatte jemand ein Fenster hochgeschoben.

Und nirgendwo Licht angemacht. Durch die Dunkelheit sah sie den Lichtstrahl einer Taschenlampe zucken.

Da! Schritte aus dem Vorderzimmer. Der Lichtstrahl schwenkte bald hierhin, bald dorthin.

Lautlos kletterte Shadow Girl auf das Fenstersims. Dann stieg sie ebenso lautlos in das Haus ein.

Sie landete fast geräuschlos auf dem Fußboden und schlich durch das Esszimmer.

Im vorderen Zimmer knallte eine Schrankschublade.

Wieder waren Schritte zu hören. Sie huschte ins Wohnzimmer. Ihre behandschuhte Hand fand den Lichtschalter an der Wand.

Sie knipste das Deckenlicht an – und sah die maskierte Gestalt. Sie trug einen blauen Umhang und hatte sich eine blaue Skimaske übers Gesicht gezogen. Gerade beugte sich der Maskierte über den Fernseher und wollte ihn ausstecken.

Als er sie sah, erstarrte er. Dann hob er die Taschenlampe und leuchtete ihr ins Gesicht.

»Wer bist du? Was machst du hier?«, fragte er.

»Ich bin Shadow Girl«, verkündete sie. »Dies ist dein letzter Raub, Blue Weasel.«

Langsam richtete er sich auf. Seine Augen blinzelten nicht, sie sahen sie starr an. »Mein letzter Raub? Was macht dich so sicher?«

Sie gab keine Antwort. Stattdessen sprang sie nach vorn, schlug ihm die Taschenlampe aus der Hand und wollte ihn mit der Schulter zu Boden stoßen.

Er wich rasch aus. Dann packte er ihr Cape mit beiden Händen.

Shadow Girl fand ihre Balance wieder und machte eine blitzschnelle Drehung zu ihm hin.

Doch der maskierte Einbrecher wickelte das Cape um sie, schlang es um ihren Hals.

Sie schlug mit beiden Händen zu. Aber ihre Schläge trafen ins Leere.

Nun zog er ihren Umhang straff, zog ihn um ihren Hals zu, sodass sie keine Luft mehr bekam.

Sie winkelte ein Knie an, versuchte, ihn zu treten. Schlug verzweifelt nach ihm.

Aber sie fühlte,wie ihre Kräfte schwanden, als er den Stoff noch straffer spannte. So straff, dass sie zu ersticken drohte …

Zu ersticken …

Eine letzte Chance gab es noch. Sie knickte in den Knien ein, ließ sich auf den Boden fallen und begann sich zu drehen.

Schneller. Schneller.

Verblüfft stolperte der Einbrecher rückwärts, als ihm das Cape aus den Händen gerissen wurde.

Shadow Girl erhob sich und drehte sich so schnell im Kreis, dass ein Wirbelwind entstand. Der Wind fegte um sie beide herum und blies den Umhang um den Einbrecher.

Der Maskierte versuchte, den Stoff wegzuzerren. Doch der Wirbelwind wickelte das Cape um ihn, bandagierte ihn ein wie eine Mumie.

Der Einbrecher war vollkommen bewegungsunfähig, bis der Wirbelwind schließlich nachließ. Shadow Girl trat vor, um ihn aus dem Umhang zu befreien.

Sie streckte die Hand nach der blauen Maske aus und zog sie herunter.

»Das tut mir ja so Leid«, flüsterte sie. »Es tut mir so Leid, dass du es bist, Stan.«

Sein Gesicht lief puterrot an und er rollte hektisch mit den Augen. »Wie – wie bist du dahinter gekommen?«, rief er heiser.

»Shadow Girl weiß alles«, erwiderte sie und schleifte ihn aus dem Haus.

Ich stand in den Büschen am Ende des Gartens und sah zu, wie Janine Stan abführte. Zuerst wollte ich meinen Augen nicht trauen.

Stan? Stan war Blue Weasel?

Hatte Janine das von Anfang an gewusst?

Die Maske verbarg Janines Augen. Aber ich konnte das Lächeln auf ihrem Gesicht sehen. Sie genoss es, ein Superheld zu sein.

Ich lächelte ebenfalls. Ich wusste, ich hatte das Richtige getan.

Später wartete ich in dem geheimen Zimmer auf Janines Rückkehr. Es war schon fast Mitternacht, als ich sie den Baum hinaufsteigen hörte. Anmutig schwang sie sich durchs Fenster herein.

»Du hast auf mich gewartet?«, fragte sie und strich ihr langes schwarzes Cape glatt.

Ich nickte. »Ich musste mit dir reden. Hast du von Anfang an gewusst, dass Stan der Einbrecher ist?«

»Ja«, antwortete sie mit einem Seufzer. »Armer Junge. Es war zu leicht. Der neue DVD-Spieler, der neue Computer, weißt du, Stans Familie ist so arm. Wie hätten sie sich das alles leisten können?«

Wir hockten uns auf den Boden und lehnten uns mit dem Rücken gegen die Wand, um miteinander zu reden.

»Deshalb habe ich Stan erzählt, dass die Carvers die ganze Woche über verreist seien«, fuhr Janine fort. »Ich hab eine Geschichte erfunden, dass ich da am Samstag eine Party schmeißen würde. Ich wusste, er würde dort aufkreuzen, um das Haus noch vor der Party auszurauben, denn er wusste ja, dass es leer stand. Es war so eine leichte Falle.«

Ich lachte. »Für *dich* vielleicht – aber nicht für mich. Ich bin froh, dass ich dich getötet habe. Du gibst ein viel besseres Shadow Girl ab, als ich es je könnte.«

Meine Kusine seufzte. »Ja. Red Raven ist tot. Für alle Zeiten. Als du mir deinen Anhänger und das Kostüm gegeben hast, wurde ich für immer Shadow Girl – für den Rest meines Lebens.«

»Es tut mir Leid, dass ich so lange gebraucht habe, um dahinter zu kommen, was ich tun musste«, sagte ich. »Ich war so verwirrt.«

»Du musstest es allein herausfinden«, erwiderte sie. »Du musstest das Kostüm aus eigenem, freiem Willen aushändigen. Und nachdem du das getan hattest, wurde ich erst richtig zu Shadow Girl.«

»Ich bin so froh, dass wir beide bekommen haben, was wir uns wünschten!«, rief ich.

Und dann umarmten und drückten mir uns zum ersten Mal im Leben von Herzen.

Einige Tage später kehrte ich nach Hause zurück, und Mom war sehr erstaunt, mich zu sehen. Sie war so von den Socken, dass sie ein ganzes Tablett mit Gläsern fallen ließ!

Natürlich war das ein Wiedersehen mit vielen Umarmungen und Tränen.

Durch meine Tränen erklärte ich ihr alles.

Mom pflichtete mir bei, dass ich das Richtige getan hätte. Aber ein sonderbarer Ausdruck lag auf ihrem Gesicht. Mich beschlich ein ganz komisches Gefühl, dass sie irgendwie enttäuscht war.

Aber das bildete ich mir sicher nur ein.

»Ich bin ja so froh, wieder ein normales Leben führen zu können!«, rief ich, worauf neuerliche Umarmungen folgten und noch mehr Tränen flossen.

Nachdem wir noch eine Weile geplaudert hatten, ging ich zur Treppe. »Ich muss Beth anrufen«, sagte ich, »und ihr die gute Nachricht mitteilen, dass ich zurück bin. Dass wir wieder Freundinnen sein können.«

Ich rannte die Treppe hinauf. Auf dem Weg zu meinem Zimmer kam ich an Moms Schlafzimmer vorbei. Und dort sah ich etwas auf dem Bett liegen.

Etwas Merkwürdiges.

Ich ging zum Bett.

Zu meinem Erstaunen stürzte Mom hinter mir ins Zimmer. Ihr Gesicht war vor Schreck verzerrt.

»Das hättest du gar nicht sehen dürfen!«, rief sie. »Ich wusste nicht, dass du heimkommst. Sonst hätte ich das vorher weggeräumt.«

Mit pochendem Herzen hob ich es auf. Ein roter Umhang. Ein Paar rote Seidenhandschuhe. Und eine schwarz glitzernde Maske mit rautenförmigen Augenlöchern.

»Mom? Was *ist* das?«, rief ich.

»Mein Kostüm«, kam flüsternd ihre Antwort.